U0937980

难忘一家人

——一个日本籍中国人民解放军战士的真实记录

山边悠喜子 著
高晓燕 刘伟 编译

黑龙江教育出版社

图书在版编目（CIP）数据

难忘一家人：一个日本籍中国人民解放军战士的真实记录／（日）山边悠喜子著；高晓燕，刘伟编译. --哈尔滨：黑龙江教育出版社，2015.12
（来自日本的和平之声）
ISBN 978-7-5316-8595-1

Ⅰ. ①难… Ⅱ. ①山… ②高… ③刘… Ⅲ. ①回忆录—日本—现代 Ⅳ. ①I313.55

中国版本图书馆CIP数据核字(2015)第302970号

纪念中国人民抗日战争暨世界反法西斯战争胜利70周年重点出版物
来自日本的和平之声／安平　主编

难忘一家人——一个日本籍中国人民解放军战士的真实记录
山边悠喜子　著
高晓燕　刘伟　编译

出 品 人　李久军
项目统筹　赵　力
项目策划　安　平　李绍楠
责任编辑　安　旭　赵　峋
封面设计　鲲　鹏
责任校对　李　俊
出版发行　黑龙江教育出版社
（哈尔滨市南岗区花园街158号）
印　　刷　哈尔滨市石桥印务有限公司
开　　本　640毫米×960毫米　1/16
印　　张　13.5
字　　数　160千
版　　次　2015年12月第1版
印　　次　2015年12月第1次印刷
书　　号　ISBN 978-7-5316-8595-1
定　　价　31.00元

黑龙江教育出版社网址：www.hljep.com.cn
如需订购图书，请与我社发行中心联系。联系电话：0451-82533097　82534665
如有印装质量问题，影响阅读，请与印刷厂联系调换。联系电话：0451-82342231
如发现盗版图书，请向我社举报。举报电话：0451-82533087

为了不应忘却的感念与人性光辉的弘扬（代序言）

1987 年 5 月，日本有名的文学艺术月刊《文艺春秋》开始连载一部名叫《大地之子》的纪实小说。该小说甫一问世便风生水起，直至 1991 年 4 月连载完毕，始终佳评如潮。说起来，该书深得嘉许其来有自。为了撰写该作品，早在 1958 年便获得第 35 届直木文学奖的山崎丰子从 1984 年起奔赴中国，3 年间曾 3 次获得时任中共中央总书记胡耀邦的接见，得以到当时尚未对外国人开放的农村直接采访日本在华残留孤儿，先后与 300 多人面谈。1995 年由中日两国共同制作的同名电视连续剧《大地之子》拍摄制作完成，当年 11 月 11 日到 12 月 23 日，日本 NHK 电视台每周六黄金时段播出，共 7 集，每集 89 分钟，最后一集 109 分钟。由于深获好评，剧组又将剪掉的 40 分钟加进来，重新剪辑版连续剧于 1996 年 3 月 11 日至 3 月 20 日播放，共 11 集，第 1 集 90 分钟，第 2 集起为 60 分钟。2001 年以后，NHK 电视台每隔几年播放一回。

应该说，中国人收养日本孤儿无论出于什么动机，其显现出来的是中国人的善良，也是人性中的“善”。实际上，中国人这样的善举还有很多，如二战期间，时任中华民国驻维也纳总领事的何凤山曾向大约 4 000 名犹太人发放了前往上海的签证，当时在奥地利有 50 多个国家的外交官，而主动对犹太难民提供庇护的只有何凤山一人。何凤山敢于帮助他们，使他们免遭纳粹的杀害，被后人称为

“中国的辛德勒”。就救人的动机而言,站在人道制高点上的中国人何凤山是德国人辛德勒根本无法望其项背的。另外,时任伪满洲国驻德国的外交官王替夫则是二战期间又一位“中国的何凤山”,他先后为犹太人办理了 11 000 多个签证,其中有 5 000 多个是冒着极大的风险签发的。二战期间,世界上很多国家都在排斥犹太人或对纳粹德国迫害犹太人视若不见,但中国人却在自己遭受日本侵略之际救助和接纳了数万名犹太人。

如果说,中国人民庇护犹太难民是出于单纯的正义和良知召唤,那么在对待日本战俘及其遗孤的问题上,则更加显示了一个伟大民族特有的博大胸怀和善良美德。自 1946 年 5 月 7 日起,中国政府本着人道主义的理念,在 232 天时间里先后从辽宁葫芦岛港遣返日本侨民和日军战俘 158 批,总计 1 017 549 人,其中侨民 1 000 942 人,日军战俘 16 607 人。可以说,这是在人类遣返侨民史上没有先例的举动。与此相对照的是,苏联于 1945 年 8 月出兵中国东北、朝鲜半岛、库页岛与千岛群岛后,将 60 万日军战俘送到西伯利亚及其他地方进行强制劳动,因在极度严寒的环境下忍受饥饿与超体力劳动,仅在一个冬天就死掉 55 000 多名战俘。

在日本,关于中国残留日本孤儿、残留妇女问题、战后留在中国的日本人情况、中国政府遣返日本侨民、战俘问题等,日本学者从各个视角研究的论著、作家艺术家实施的多体裁创作与当事人及当事团体的大量记录、回忆录等,可谓连篇累牍,据笔者不完全统计,多达数百种。

就日本各种作品而言,其中的文学艺术与美术音乐作品,如《大地之子》《四重奏》《生狱》《在红色夕阳的满洲走向“昭和”之旅》等十余部小说,《母亲的悲剧》《大地之子》等十余部电视连续剧,以及《生存还是毁灭之犯罪者》等少量电影,沼波万里子《青苔之道:歌集》等几部诗歌集,《追逐流云》《在低矮的树下》《中国残留孤儿》等多部音乐制品，都影响较大。

当然，学术论著数量更是不胜枚举，如《满洲：记忆和历史》《满洲移民的历史社会学》《中国残留孤儿的社会学：活在日本和中国的三代人的一生》《移住和适应:关于中国归国者的适应过程和援助体制研究》《“中国残留日本人孤儿”的“人性回复”诉讼：追踪八地裁的国家赔偿请求诉讼》等，数量不下于百十篇，视角各异，精品纷呈。

另外，各大学、社团法人乃至国家文部科学省等机构经常推出课题供学者申报、研究，如《关于中国残留孤儿的老后状态研究》《关于中国残留孤儿认同的日中比较调查》等都是这种情况。

值得一提的是，回忆录、被害者证言、记录及记事、写真集等是各类作品中的最大宗，诸如《无法容忍死掉！从满洲逃脱》《望乡的钟：中国残留孤儿之父·山本慈昭》《渡满是为了什么呢？东京都满洲开拓民的记录》《忍风耐雪：某中国残留孤儿的记录》《我们是什么人？中国残留孤儿们的今天……》等，都是其中有名的作品。

还应该大书一笔的是各类法律援助、法律指导与研究类作品，如大阪府民生部福祉课编《中国归国者等援护关系法令·通知集》、东京都社会福祉协议会编《中国归国者关系法令·通知集》，以及《中国残留孤儿归国者的人权保护：被称为国家的集团和个人的人权》《弃民的去向：对中国残留归国者的战后处理问题和战争责任》《被国家抛弃:中国残留妇人如何起诉国家呢?》等，都是其中有价值的作品。

为了方便归国者适应日本社会，各级政府及社会团体出版了不少指导归国者生活与就业的书籍，如《中国归国者定居促进课题和对策》（全国社会福祉协议会中国归国者定居对策委员会，1981年）、《中国归国者援护关系资料集》（大阪府民生部福祉课编，1984年）、《为了归国孤儿及其家族的生活指导手册》（厚生省援护局庶务课编，1987年）等。

相对于日本，中国作为反法西斯战争的胜利者，我们并没有太多研究本国政府和人民如何用人道主义对待普通敌国侨民、如何履行日内瓦公约并用人道主义精神对待敌国战俘等，没有下功夫研究善良的中国老百姓如何养育侵略者遗孤，或普通敌国侨民的遗孤。就电影与电视剧作品而言，仅有谢晋于1991年导演的《清凉寺的钟声》、林和平于2009年监制的《小姨多鹤》等两三部。至于学术研究著作更是少得可怜，仅有《残留孤儿的社会适应性研究》《文化休克与边际人格的生成——残留孤儿日本社会适应过程中的文化冲撞》《战后日本遗孤称谓考》《日本归国残留孤儿眷属之社会适应性论析》等不到十篇论文，以及《日本遗孤调查研究》等一两部专著。

2015年9月，适逢中国人民抗日战争胜利70周年之际，全国各地推出了许多关于抗战的图书、影视作品等。虽然其中不乏有价值的作品，但唯独缺少最能表现中国人民包容、善待敌国战俘、遗孤的历史类、文学类作品。而事实上，这类体裁的作品往往最具有直抵人心的震撼力！中国人民在14年艰苦卓绝的抗战中付出了巨大的民族牺牲，但作为战争的胜利者却没有虐待战俘和遗孤，反而以伟大的人性之光包容和感化着侵略者及其后代，这在人类历史上都是绝无仅有的义举！忘记历史就意味着背叛。对于我们来说，客观记述和传播这一个个感人肺腑的故事，发现和传承先人留下的实实在在的美德，是时代赋予我们的光荣使命。

本丛书主编安平女士，早年留学日本，并在日本获得博士学位，对日本社会有着深刻了解，并始终关注和致力于中日两国民间友好交流事业，特别倡导策划由归国日本遗孤、曾参加中国军队的日本籍战士、少年时代曾经历过伪满洲国统治的日本友人等，或撰写回忆文章，或进行人物访谈，或组织各种交流和纪念活动，用大量第一手珍贵史料，再现当年日本侵华战争给两国人民带来的巨大灾难及中国的民族独立事业与中国人民不计前嫌、以德报怨的慈悲情怀。以期通过这段历史的亲历者对战争、遗孤问题的现身说法，和对中日关系的认识，在还原历史的基础上，推动民间乃至官方对过去历史的重视和反思；在正确对待历史、面向未来的问题上，通过自下而上的互动取得共识，在此基础上推动两国官方和民间的友好往来，助推中日关系的长久和平发展。

这部“来自日本的和平之声”丛书共有三部，分别是《日暮乡关何处是——我和我的两个故乡》《难忘一家人——一个日本籍中国人民解放军战士的真实记录》与《赤血残阳映黑土——一个日本少年的“满洲国”经历》。其中，《日暮乡关何处是——我和我的两个故乡》由20位遗孤于2015年7月撰写的文章构成。2015年7月，50余名日本战后遗孤组成了“日中友好之会感恩团”到黑龙江“中国养父母公墓”进行祭扫。这些绝大多数年龄超过70岁的老人们，长时间不辞辛劳地往返日本各地与中国黑龙江等养育他们的地方，或探望或照顾或祭奠含辛茹苦抚养他们长大的中国养父母。这些宝贵的世间情谊与感恩之心无不吐露出普通人的人性光辉和仁慈力量。自1945年8月以来，这些日本遗孤大多经历的是从刚降生的婴儿或不懂事的儿童与日本亲生父母的骨肉分离，在懵懂之中被中国养父母收养的过程。接着，在国共内战中生存下来，在新中国成立初期物质贫乏的环境下长大。最后，在人过中年之际操着早已成为母语的汉语踏上了回日本的寻亲之路。经过艰难的过程，他们才逐步适应了日本社会，并在所谓“同胞”们的异样目光中，在所谓祖国的经常不理解的氛围中挣扎着生活。

在这70多年的漫长岁月里，这些孤儿们是如何在其父辈曾经欺辱践踏过的异国成长的？那些中国养父母如何在战乱之际、饥饿年代抚养大了这些敌人的后代？他们回到日本后是如何生活的？他们如何看待中国和日本两个故乡？这些都是人们想了解的。不消说，这些彰显跨国恩情的事迹，不但值得遗孤两个故乡的人们了解，也值得世界上爱好和平的人们了解。正是有感于这种人世间少有的大爱，催生了胡晓慧、丁一平女士及其团队挖掘这方面素材、出版这方面图书的热情，以期让这些平凡的人们讲述他们不平凡的故事，展现发生在中国或只有在中国才能产生的人间真情、人性光芒。

《难忘一家人——一个日本籍中国人民解放军战士的真实记录》是山边悠喜子女士的回忆录。山边悠喜子女士是数万日本籍东北民主联军(后改为中国人民解放军第四野战军)中的一员。山边悠喜子女士在书中讲述了她16岁参加人民解放军及其在其间的快乐、宝贵与增长才干的时光。作者所在的卫生队中既有日本籍西医，也有中国籍中医，大家不分医种，也不分国籍，彼此之间相处和谐，互相照顾，互相爱护，结成了生死与共的战友情。同时，作者首次体会到了当地人民对东北民主联军的信赖和真心支持，从而第一次学会了“军民一家人”这个词，并亲身体会到了那些号称“皇军”的日军与民主联军的差距。作者自1953年归国后每每遭遇困难时，都会回想中国战友的话，用在中国的宝贵经历激励自己。后来作者及其团队经常到中国考察，与中国官方、民间组织及人士交流，将今天中国的发展与成就，特别是战争的历史真相告诉日本年轻人，以期通过自己的积极活动促使日本政府真诚反省过去，促进中日关系发展。期待中国东北成为连接中日友好的坚实纽带，期待彼此成为互相理解的“一家人”，并期待世世代代将友好传统发扬下去。

《赤血残阳映黑土——一个日本少年的“满洲国”经历》是竹内治一先生的小说体回忆作品。竹内先生少年时期在“满洲国”度过，亲身经历了日本人从“满洲”征服者、欺辱中国人到被苏联红军虐待，再到被其曾经凌辱的中国人宽待的历程。为此，作者希冀根据历史事实，特别是个人亲身体验，以小说的形式讲述那段真实的历史：那场历时14年的侵华战争不仅使中国人民及亚洲各国人民苦难深重，也使日本普通百姓深受其害。内心的良知让作者不断呼吁：那是一场侵略战争，绝不能让那样的战争再次重演！竹内先生作为在日本开业行医的医院院长，在长达40年的医者生涯中，履行着救死扶伤的医生本分，但他更念念不忘的是参加各种揭露日本侵略战争罪行的集会，参加各种呼吁和平、敦促日本反省战争责任、倡导中日友好相处的学术演讲会、报告会与实地调查等。据该书中文翻译者笪志刚教授亲眼所见，竹内先生及夫人70岁之后还以患有痛风、糖尿病等慢性疾病之躯，跋山涉水，远渡重洋，先后自费赴日本各地及中国参加九一八事变70周年学术研讨会、日本15年战争研究会，实地调查侵华日军遗留战争要塞、七三一部队罪行遗迹等。

应该说，当一个民族的悲悯之心跨越了种族乃至国界的时候，就愈发彰显出这个民族的伟大之处。就此而言，《日暮乡关何处是——我和我的两个故乡》无疑是一部展现中国人民善良品行与人性光辉的作品。《周易》有"君子以遏恶扬善，顺天休命"之说，意在贬斥恶劣行为，宣扬善良德行，以顺奉天意。可以说，《赤血残阳映黑土——一个日本少年的"满洲国"经历》与《难忘一家人——一个日本籍中国人民解放军战士的真实记录》两书就是痛斥恶行、赞美善行的好作品。

是为序。

于逢春

2015年11月24日于东京逆旅

您是这样一位老人

山边悠喜子女士是我省的老朋友，与其结识二十年有余。今拜读了黑龙江省社会科学院高晓燕女士的《中日友好交流的使者——日籍解放军老战士山边悠喜子》一书，了解到了更多鲜为人知的故事和传奇的经历，深受感动。一位年逾八旬的老人，孜孜不倦地为反战和平事业在不懈地努力，体现了人类爱好和平，主张正义的国际主义精神。

——题记

您是一位善良的老人，

您有一颗金子般的心，

您流淌着日本人的血液，

您最爱的是中国人民。

十二岁的懵懂年华，

您踏上了异国之旅，

从此与中国结下了牢不可破的缘分；

您是一位正义的老人，

您的心灵是那样的纯真，

您亲身看到了侵略者的残暴，

您对日本军国主义暴行无比的气愤。

解放军的革命熔炉，

锤炼了您的坚强意志；

转战南北，

您见证了无数次生与死的年轮；

您是一位革命的老人，

您有一颗正义的根，

南京大屠杀、活体实验、生化武器，

残害了难以估量的无辜世人。

您不顾倾家荡产，

您不顾右翼势力的攻击，

为受害者及其家属，

去追究侵略者的责任；

您是一位可敬的老人，

您倾注了毕生的精力，

揭露那段丑陋的历史。

您不顾年高体弱，

一直在主张反战和平的道路上疾奔；

您是一位可爱的老人，

每当提起那段的历史，

您的心情总是难以平复，

虽然是日本军国主义发动的侵略战争，

您始终作为加害国的一员履行着忏悔的责任；

您是一位豁达的老人，

您的真诚感动了无数青年，

您的行为体现大无畏的国际主义精神。

您将人间大爱无限地放大。

您将人类正义无限地延伸，

您是中日友好的使者，

您是一位光荣的中国人民解放军！

丹　硕

赠山边悠喜子女士

阴云密布硝烟弥，
婀娜多姿一仙姬。
生死度外走南北，
频频大捷唱东西；

不惧风雨斗倭寇，
身经百战耄耋躯。
伸张正义崎岖路，
终生革命爱红旗！

丹　硕

目　　录

为中日和平友好的未来不懈努力（代序）

山边悠喜子女士是我在中日关系史研究中，在与日本友好团体交流中结识的一位日本友人，从 1992 年相识至今已有 20 余年了。多年来，我与她共同考察日军侵华遗迹，调查战争受害者，看到了她心系中国和中国人民，深刻反省日本的侵略罪行，为了中日友好事业，不辞辛苦地奔波于中日之间，成为中日两国民间友好交流的使者。她的事迹在中国影响较大，中央电视台等许多媒体报道过，2010 年还做客人民网。她是我国驻日使馆每年国庆招待会的贵宾，2015 年 9 月 3 日参加抗日战争胜利 70 周年（观礼）天安门广场阅兵。

那么，是什么样的经历造就了这样一个如此热爱中国，有着崇高国际主义精神的前辈呢？还要从日本发动的那场侵略战争谈起。

山边悠喜子1929年1月出生在日本东京的幡谷，日本侵华战争爆发后，中国东北成为日本的殖民地。1941年夏，山边的父亲到中国本溪的煤铁公司工作，刚刚12岁的她便跟随父母来到中国。住在当时的奉天省（辽宁省）本溪市“满洲制铁”公司住宅区。在她的记忆中，“战争”成为切身的现实就是从到了“满洲国”开始的。她在日本人办的女子学校上学，当时主要的课程是长时间的军事训练和在勤劳奉公的名义下为制铁公司劳动。日本战败前夕，因为学校的男教师都被征兵，伪满政府为了补充教师的不足，让部分学生参加教员短期培训。山边悠喜子经过3个月的学习，被分配到一个小学校任教。她回忆当年的情形：“距战败还有半年的时候，大人们开始担心战争前途，孩子们也无法安稳地学习。教室变成了军队的仓库，并有上了刺刀的士兵站岗，学校迁移到了山里上课。”

战争结束后，本溪市最初被苏联军队占领，后来由国民党中央军接管，最后是八路军进驻。被关东军抛弃了的日本侨民陷入了困境。“有一天，街区小报上登载了一条八路军（东北民主联军）发出的‘请求协作’的通告，征招有简单医疗知识的人。因为我在女子学校毕业前就取得了护士的资格，我就报名了。”山边入伍后被编入“东北民主联军辽东军区第四后方医院”。参加共产党的军队只是别无选择的临时之计，对于这支军队并没有多少了解，甚至伴有一定的疑虑和恐惧。

部队在军事战斗训练的同时，对这些日本籍战士进行思想教育，让他们正确地认识时局、扫除军国主义、封建旧观念。也通过学习会等形式，组织学习医疗基础知识，提高护理技术。山边的思想在中国解放战争的实践中发生着潜移默化的转变。前线作战的士兵浴血奋战，不怕牺牲的精神时刻教育着她：当时的工作条件非常差，因为用于治疗的医药物品总是不够。没有止痛剂，伤员们只能强忍着疼痛，山边有时忍不住躲在一边哭泣。

在随部队南下的征途中，山边目睹了共产党的军队与广大人民群众的鱼水深情。她看到医院驻地的百姓对待伤员像自己的亲人一样，毫不犹豫地为伤员腾出自己的房子，而自己睡在院子里的高粱秸上；有的刚刚结婚的新娘子，把崭新的被子拿来给伤员用，脓和血弄脏了被子也毫无怨言。有一件事对她触动最深："一次行军经过一个小镇子，许多老百姓出来欢迎我们。因为我年纪小，个子矮，脚又磨出了泡，拄着木棍一拐一拐地走在最后面。一位老大娘走过来，把一个刚煮熟的鸡蛋塞到我手上。我赶紧说'不能要，我们有纪律'。大娘说：你这么小就参加解放军，太辛苦了，快拿着吧"。事隔半个多世纪，山边回忆起来还非常激动："我当时眼泪不住地流，脑海里想的是日军在中国犯下的罪行，想的是大娘一定不知道我是日本人。那个鸡蛋热乎乎的感觉好像至今还留在我的手上。"

活生生的事实教育着山边。渐渐地，从盲目到自觉，她开始把自己的工作与中国革命的事业紧紧地联系在一起了。山边悠喜子从 16 岁到 24 岁这 8 年里，在解放军这所大学校里学知识、长见识，也接受了中国共产党的革命思想。她曾经申请加入中国共产党，因国籍问题未能如愿。她跟随部队从东北到东南，经历过炮火的洗礼和战争的考验，应该说她把自己的青春献给了新中国的解放事业。她曾说："至今还眷恋着那种生活，那是一生中最美好的时光"。

1953 年，按照中国政府的政策，战后留用的日籍人员陆续离开中国。她回到日本，父亲的第一句话是"你感谢了中国没有？"在父亲看来，新中国把女儿从战后那个兵荒马乱的环境中培养长大，并且安全、健康地送回日本，应该很好地感谢中国才对。但是回到日本的日子是苦涩的，他们这些在中国革命队伍里成长起来的年轻人，世界观与日本的资本主义社会已经格格不入。因为是从中国回来的，被划为赤色分子，找不到好工作。她始终不忘中国，把中国当作了自己的故乡，希望能够回到中国。

中日关系正常化以后，她开始找机会回中国。曾在长春的白求恩医科大学当过外教，到黑龙江大学作了年龄最大的留学生。就是在留学期间与黑龙江省社会科学院建立了联系。她听说东北沦陷史研究者准备进行日本侵华遗迹考察，就找上门来要求参加。在那次考察中，她跟着我们走了 10 几天，考察中她始终默默地跟着、看着、记着，我们似乎交流不多，甚至对她还有一丝戒备。

在孙吴县，我们一行考察了日军军事要塞，参观了孙吴的"侵华日军罪行陈列馆"。晚上座谈会，她动情地唱起了《松花江上》，大家从最初的惊讶、到同声合唱，这时不用更多的语言，我们一起歌唱，一起流泪，心也开始相通了。

她认真学习日本侵略中国的历史，参加日本和平运动，组织日本"七三一部队罪行巡回展"。关注日军七三一细菌战问题，在日本组织七三一部队展。到哈尔滨平房的七三一罪证陈列馆，为其遗址保护募捐。访问七三一受害者遗属，极力倡议在日军七三一部队遗址区设立“谢罪与不战和平之碑”。她关注侵华日军化学战问题，多次赴中国对日军遗弃“毒气弹”问题进行实地考察和调查取证。她把在中国考察看到的日军侵华遗迹，听到的中国受害者的倾诉，针对日本政府不反省侵略历史的现状，撰写文章，组织民间学习会，进行讲演；制作展板，在日本各地巡回展览。她还把中国的日本侵华史研究著作介绍到日本，笔者所著《日军遗弃化学武器——中国受害者的控诉》一书，被山边女士、宫崎先生翻译成日文在日本明石书店出版，她要让日本人民了解日本教科书中缺失的那段历史。

最令我印象深刻的是2006年长白山之行。丈夫山边贤藏是她在中国革命队伍里结识的战友，作为侵华日军关东军航空部队地勤人员，1945年8月15日战败，做了俘虏。林彪、彭真、伍修权等非常重视航空队，提出让他们帮助组建航空队。“我们终于投向了八路军，一致同意帮助八路军创建空军。”由林弥一郎领导、以日籍官兵为骨干组成的东北老航校成为中国空军的摇篮。他们在中国相识、相知、结婚、生女，回到日本后他们一直心系中国，共同参加中日友好活动。山边贤藏于2004年去世，临终遗愿就是要把遗骨撒到曾经战斗过的地方——中国的长白山上。山边女士把骨灰放在家中两年多，寻找机会完成丈夫的遗愿。2006年6月的一天，我们东北沦陷史编委会一行陪同她把丈夫的骨灰撒到长白山上，他的遗物是一顶草绿色的解放军军帽、几枚闪亮的参加中国人民解放战争的奖章。我们在冰雪尚未消融的长白山上，怀着深深的敬重，洒酒、鞠躬，进行祭奠。这些年，山边悠喜子每年都要来中国几次。我看到山边总是随身携带着先夫的手迹——《松花江上》的歌词，工整的字迹力透纸背。她说："这是先夫去世前用尽全身气力一笔一画写出来的。我带在身边，好像他也跟我来了一样。"

山边悠喜子的世界观与在中国共产党领导下的解放军军队中的经历是分不开的。战后东北的斗争形势错综复杂，中国共产党决定留用日籍人员加强革命力量，无疑是一个果敢、英明的决策。对于扩大军事力量，解放东北进而南下解放全中国意义重大。周恩来总理曾经以战后留用日本籍人员的实例阐述中日友好关系："在中日两国人民中存在着友谊……我们要从我们自己中间找到真正'共存共荣'的和平种子。当时有许多日军放下武器后，并没有回国，而是和一部分日本侨民一道参加了中国人民解放军，有的在医院当医生、护士，有的在工厂当工程师，有的在学校当教师。大多数的日本朋友，工作很好，帮助了我们，我们很感谢他们。"

通过山边悠喜子的经历可以看到，她在中国解放军的大熔炉里，通过与中国军人的共同战斗、生活，思想产生了深刻的变化。从一个受日本军国主义教育的青年，转变为具有无产阶级世界观，以为人民服务为人生目标的革命者。回到日本后，不论中日关系如何变化，他们始终坚持为中日两国的友好事业不懈努力，成为改善中日关系、促进民间和平运动发展的重要力量。

如今，她虽然年纪渐渐大了，仍是每天夜以继日地工作。她说"我觉得自己还是中国人民解放军的一员，揭露日本侵略罪行是我的义务”。她几十年如一日，致力于中日友好事业，成为和平友好交流的使者。2014 年 4 月 21 日，黑龙江省社会科学院授予山边悠喜子名誉研究员。

目前，日本经济泡沫的破裂，使整个社会面临从经济高速发展到长期停滞的反差，许多日本人对自身利益的关注超越了对社会的关注，焦虑的心态滋生了建立在民族主义思想基础上的历史修正主义，助长了政治的右倾化。右翼势力公开否认侵略战争，严重冲击了日本的和平运动，因此争取日本和平力量是当务之急。

山边悠喜子对战争问题以及日本加害责任问题有着深刻的反省。她认为要让日本人民了解日本发动侵略战争的事实真相，了解为什么日本进行了侵略战争，追究其深层次的原因，以免再次犯同样的错误。她说：“如今，日本的一些政治家和右翼分子不承认战争责任，总想翻案，我们是绝不能允许的，对他们的胡言乱语要坚决给予回击”。为了实现“让日本人树立正确的历史认识，追究日本政府战争责任”的目标持续战斗着。在她的影响和感召下，许多日本人开始从新的角度关注日本军队的化学战责任问题，开始把目光从关注日本的大久野岛的受害者转向中国的战争中及战后的毒气受害者。

当前中日关系因日本政府 2012 年 9 月将钓鱼岛国有化陷入僵局，日本国内右翼势力活跃，安倍政府强化日美同盟，主张修改宪法。2015 年 7 月 15 日，日本执政的自民党和公明党在其控制的众议院和平安全法制特别委员会，强行通过了安倍政府提交的与行使集体自卫权相关的安保法案。日本修改安保法案是为军事同盟服务。日本要在同盟中承担更多责任，满足美国推展“亚太再平衡”战略的需求。这种为小群体利益而罔顾大多数群体利益的做法，不符合当前和平、发展、合作、共赢的时代潮流。日本这种基于冷战思维的行为与时代主题格格不入。在这种情况下，中日民间的有识之士也对两国严峻现实忧心忡忡，都在竭尽力量摸索利用民间交往渠道打开双边关系僵局的有效途径。

山边先生积极参与、领导的日本 ABC 企画委员会是日本国内民间反战组织，其主要宗旨是宣传二战期间日本在中国犯下的罪行，让日本国民了解真实的历史，致力推动中日友好。其成员都是和平爱好者，多年来，他们自筹经费，多次往返中日之间，收集确凿证据，挖掘历史真相，在日本国内举行各种展览宣传活动。该组织的雏形是 1992 年成立的“七三一部队展”全国实行委员会，随着宣传的扩大和了解内容的增多，1996 年，又成立了“毒气展”实行委员会。该组织成立之初即与黑龙江省及我院保持不间断的接触交流，并为保护七三一遗址出力献策。1999 年，七三一部队展和毒气展委员会合二为一，易名为 A（核武器）B（细菌武器）C（化学武器）企画委员会。旨在反对使用这三种武器即反对战争。

2008 年以后，该组织每两个月在日本国内举行一次有关七三一的演讲会。此外，还以旅游的形式组织日本人到当年日军侵略地点做调研，考察战争遗址，听取证言。这样的活动一年举行两次。以证言为基础，他们考察日本关东军在中国各地的军事基地以及要塞地区。这样的活动受到了黑龙江省人民对外友好协会的全面支持，以及黑龙江省社会科学院及历史所人员的大力协助。

战后几十年里，日本人民对七三一部队、毒气试验等日军犯下的罪行几乎一无所知。日本 ABC 企画委员会的活动为揭露日军侵略罪行进行了卓有成效的工作。他们一直坚持到中国各地进行实地考察，把告知国民历史真相当作自己的神圣使命，使许多日本人开始认真思考日本的战争责任问题。

基于对日本侵略战争的深刻认识，山边在回忆录里大声疾呼：日本野心勃勃发动第二次世界大战，拉开侵略帷幕，犯下天人共愤的累累罪行。不论用什么辞藻粉饰，日军的残忍暴虐都超出了人类的想象。加害者不但毫不反省，反而谋求成为“可以战争的普通国家”，这完全丧失了人类应有的良知。安倍首相所倡导的“可以战争的普通国家”与国民所期望的和平背道而驰。民众“保卫宪法九条”的呼声，是期望避免重蹈战争覆辙、期望和平的人们痛彻心扉的呼声。中日民间友好交流是稳定中日关系发展的基石，山边悠喜子就是日本民间友好团体的代表，她在年逾八旬的高龄，还在为中日两国的友好事业、促进民间和平运动发展矢志不渝地身体力行，是中日两国友好交流的使者。

在日本社会里，山边和她的同志们是一群执着追求真理、正义、和平的人，甚至不顾政府的态度、周围的环境，没有经费、没有支持，在为人类和平正义的理想而奋斗的道路上，他们凭着自己微薄力量坚持着，那种执着、那种坚韧，令人钦佩不已。曾有媒体被山边锲而不舍地追究日本的侵略责任和关心中国的战争受害人的献身精神所感动，赞赏她的“反日”立场。山边认为日本只有在对侵略战争责任进行真诚的反省和谢罪的基础上，才能够实现真正的中日友好，才能够真正成为国际社会中负责任的大国。所以促使日本反省侵略战争责任，关注中国战争受害人的命运，其实才是真正的“爱日本”。中国社会科学院近代史研究员步平先生曾有这样的评价：战后日本人对战争历史的认识随着社会的动荡与变化而发生了翻天覆地的变化，这一变化与包括山边在内的许多有良心、有觉悟的日本人的努力是分不开的。她的认识超越了中日两国的界限，不仅因为曾是中国革命队伍中的一员，更是作为战后日本和平运动的积极分子。战后日本的和平思想与和平运动成为日本社会的重要潮流，对日本人战后历史认识的变化产生了巨大影响，山边先生的行动展现了反省侵略战争责任的日本人的思维，她的特殊经历和她对中国的理解、对中国民众的感情，可以使她有的放矢地修正日本和平运动对中国认识的偏差，同时也应该能够修正我们对日本民众认识的某些偏差。

20 多年来的共同工作中，她的经历吸引了我，她的精神感染了我。2013 年末，我撰写了《中日友好交流的使者——日籍解放军老战士山边悠喜子》一书，由日本侨报社出版，引起一定反响。今天，在中国人民抗日战争暨世界反法西斯战争胜利 70 周年之际，山边悠喜子回忆录即将付梓。这本书饱含着她对中国的深厚情谊，记述了她为追求历史真相的不懈努力，更表达了她对日本社会右翼势力猖獗的深切忧虑。为了中日两国关系的发展，为了人类和平友好的明天，她用自己的生命在呐喊，反对战争，维护和平！我在这里谨向作者致以深深的敬意。

黑龙江省社会科学院历史研究所
副所长、研究员　高晓燕
2015 年 8 月 15 日

第一章　在中国亲历日本战败

从被迫卷入战争到重新获得自由，留给我们的只有无法填充的空虚。对于日本发动的这场战争的真相，我们一无所知。直到1945年8月，习惯了服从的我们，突然被丢下一句“随你们怎么活吧！”而手足无措。我们选择了昏睡，一连几天。

我1929年生于东京幡谷，1941年我12岁时同姐姐、弟弟、妹妹一起随母亲来到中国与父亲团聚。我的父亲山田一夫原是政府部门的工作人员，1939年被征为开拓团员，来到中国被派往本溪湖煤铁公司做电话技师。1945年4月，我在“满洲国”本溪高等女子学校毕业，随即被分派到本溪宫原一所小学校做教师。没过几个月，8 月 15 日，日本战败投降，一切都陷入了混乱之中。学校也随之解散，我失去了工作，只好回到本溪湖父母身边。回想就在几天前，我还去本溪湖车站为回防日本本土的军人及其家属送行。我递上热水，嘱托他们好好守家卫国。可在得知日本战败的消息后，那个号称百万的精锐之师——关东军从我们居留民的眼前消失了。我们自幼向皇宫行礼，而这时，天皇为国民的明天做了什么呢？

抗日战争胜利后，涌上街头庆祝的市民如潮水一般，我隐约感到出了惊天动地的大事。父亲到院子里，把之前每天早晨都去为皇军祈祷胜利的神龛一把火烧了，并紧紧地关上了门。

不管外面出了什么大事，肚子都会饿。母亲熬了粥，粥上面飘着野菜。饭后同往常一样，父亲放下筷子，大家都站了起来。而此时父亲不再说什么，只叮嘱我们一句：“外面危险，别出去。”

这时传来轻轻的叩门声，母亲把门打开一条缝儿，一个小战士轻声地对母亲说想借锅用一下。母亲递出一口旧锅，他接过去，转身临走时低头说了声“谢谢”。不久大家便把这事儿忘了，眼前光景风云突变，我们置身其中真恍如隔世。

几天后，那个小战士把擦得锃亮的锅还了回来。那个时候，借出去的东西根本没指望还能被送回来。母亲吃了一惊，说：“你们用吧，不用还了。”小战士把锅递了过来，那眼神好像在说："谢谢你们，帮了大忙。"母亲接过来，手上一沉，打开盖子，发现里面放着两根大红萝卜。东北的冬天，蔬菜是极其珍贵的。母亲说："我们不能收。"小战士留下一个亲切的微笑，回去了。这是极其平常的生活中的一个小插曲，却令我们终生难忘。后来，母亲经常高兴地提起那个亲切的微笑，还有那两根大红萝卜。小战士的笑容仿佛是在对我们说："不要担心，我们一起生活下去吧！"

1945 年 12 月，我在"在满居留民会"看到"东北民主联军招募青年志愿者照顾伤员"的公告后，便毫不犹豫地报名了，我之所以前往报名，或许就是因为脑海中浮现出那个小战士的身影。

这是后话了，1953 年我回到日本，母亲因操劳过度躺在了病床上，她忆起当时的情景，仍十分怀念地说："那时我们真的很幸福，他给了我们一个亲切的微笑。"我离家后，一家人在当地人的帮助下得以在乱世中活了下来。母亲很关心我在中国的情况，她默默地听我讲在八路军中的生活，感怀地说："本来，大家关系是很好的。"

第二章　参加东北民主联军

一、“军民一家人”，难忘的东北

回顾我的一生，东北民主联军是我受益最大、最多、最生动的讲堂。我在战时长大，没什么学习的机会，没有打下牢固的文化知识基础。而日本人作为殖民侵略者，在中国大地上高高在上，不但不让我们这些日本学生学习中文、了解当地情况，反而禁止中国人使用本国语言，强迫他们使用日语。日本人以君临天下的统治者姿态傲慢地对待当地人，他们不了解融入当地有多么重要。诚然，我现在虽这样说，但自己当时却并未努力学习，所以虽身在民主联军，却听不太懂战友们相互倾诉的宝贵想法和回忆。不过，从我一知半解的中文中，我知道他们唾弃日本人那些骂“满洲人多了去了，死就死了吧”的行为，我见过在挥舞的皮鞭下呻吟的中国人，当时虽不明就里，这情景却深深地刻在我的脑海中。

在辽东军区后方医院稍微适应了民主联军的生活后，各种疑问涌入我的脑海。

学生时代，不时有日本军官来课堂纵论时事，他们所谓“日军在南方取得赫赫战功，为巩固战果，请诸君协助开发资源。日本拥有先进的开发技术，将落后的满洲建成一个现代化的国家。”学生们轻信了这番高谈阔论，他们站在侵略者立场，蔑视中国人。可是，若此言属实，中国人为何不但不知感恩，反而企图抗日呢？然而当时，这些疑问我们连想都没想过。不！应该说是刚一浮上脑际就被挥去了。

日本战败，中国民众为何要欢庆“抗日胜利”？

我们当时什么都不懂，也没想过要去弄懂。只是站在侵略者立场，狐假虎威，享受着身为日本人的优越感。

回想起来，在东北民主联军的日子是快乐、宝贵的。同时，对一个16岁的无知少女来说，也是苦恼的。我开始思索关于日本、关于战败的问题。

为何民主联军的战士对我们这些敌国的人如此亲切呢？在缺医少药的艰苦条件下，战士们为何能够默默地忍受伤痛？老乡们为何能够热心地照料伤员……这一切都困扰着我。为解答这些疑问，我用了数十年的时间。

后来成为我丈夫的后方医院民族干事山边贤藏叱责我说："别想这么多了，目前照顾伤员要紧!"诚如此言，眼下无暇多想，战争将我的胡思乱想吹散了。我的终生战友——护士长内田对我们说："面对眼前这些饱受伤痛的人，我们能袖手旁观吗?"

虽说我们是卫生队，很多人却并无医疗经验。屈指可数的几名医生和有经验的护士带领着我们，在治疗过程中，自创了很多办法。他们决不借口缺医少药而放弃对伤员的治疗，而是将"想办法"挂在嘴边。可是，伤员的痛苦却未能因此减轻。

为了让伤口尽快愈合，为了尽量减轻伤员痛苦，大家团结一心，群策群力。一年夏天，有伤员的伤口生了蛆。一位据说是佳木斯医科大学肄业的年轻医生观察到：伤口生蛆，蛆吃掉脓变成蝇后，伤口就渐渐结痂了，由此提出了蛆虫疗法并应用于临床。我虽不懂其中的医学道理，不过伤口化脓结痂后，伤员的痛苦确实减轻了。医生中既有日本人也有中国人，大家也不去区分是中医、日本传统疗法还是西医。至于为何我们这些思想落后的日本人当时能竭尽全力治疗照顾伤员，现在也说不清楚。不过，我想也许是伤员对侵略者日本人的体谅和中国老战友的一视同仁，潜移默化地改变了我们。因为当时中国共产党的政策指示：日籍人员不是战争俘虏，而是要争取的对象。

不得不提的是，支撑我们的是当地人民的信赖和热心的支援。在这里，我第一次明白了“军民一家人”这个词，并亲身体会到了那个号称“皇军”的日军与民主联军的差距。

日本的《军人敕谕》强调：“朕统兵马大权”，“朕赖汝等为股肱，汝等仰朕为党首。”关于效忠：“唯守己本分一途，义重于泰山，死轻于鸿毛。”《战阵训》中进一步强调了士兵的服从和顺从，并在第二条提及“生受囚虏辱，莫留罪污名。”意为一旦被俘则应以死殉国。而我所在的民主联军却是官兵一致，民主和谐的。

我们负责医疗工作，却没有设施齐备的医院。随着战场的推移，收容伤员的场所也不同。经常是为重伤战士进行完紧急处理，并将伤员送往后方后，马上又要出发了。

大家都笑着说，战士来到老区就跟回家一样。“农舍就是病房，农民就是护士，老区就是大医院。”

东北的冬天极冷，气温零下 30 度并不稀奇。万籁俱寂的雪夜，并不富裕的农民一家将唯一的热炕让给伤员，服侍着伤员喝下热乎乎的清汤后，跟我们一样在地上铺上高粱秆就睡了。半夜被冻醒的时候，常常看见农家的小嫂子还在忙着照顾伤员。伤员一口一个“大爷”“大娘”地叫着，大爷大娘一口一个“儿啊”的场景使我不禁想起了家。我问睡在一旁的中国同志王淑梅（后改名苏伦），那些人是这家的儿子吗?”她可爱的一笑：“就是‘一家人’嘛!”

战场上送下来的小战士低声叫了声“妈”，旁边的医生见状对我说："救不活了，药和一切手段都救不活了。"我在他身旁泣不成声，"别哭，我能忍。"他奄奄一息地说，可是却没能看到天明。

我们经常忙得不可开交，没有当地农民的支援是无论如何也完不成医疗任务的。而他们从没问过我们是不是日本人，农家的女人们热心地跟着无暇拭去额头汗珠的护士长"这个、那个"连比画带说地学着照顾伤员的要点。我们被她们的热心感动了，放心地把接下来的工作托付给了她们。其实，我们这些日本人在战败之初还不能完全走出去，总觉得是战败国的国民，低人一等，能够得到当地人的信任实属不易。很多年后，我在北京遇到当年的指导员李世光先生，他回忆说："当时对你们日本人是不能完全信任的。你们这些日本人并非全都来自日本的医院，很多与军队颇有瓜葛。因此，为确保伤员安全，完成医疗任务要十分小心。"现在的我特别能理解当年指导员的纠结。我后来读到他以半生的苦难经历写就的传记《琅玡之炎》，知道他在13岁时，因为被日军抓住投入监狱的哥哥是共产党员，他对我们日本人抱有戒心是理所当然的。他当时抗议上级的命令时，说："你给我下什么命令都行，就是不能和日本人一起工作!"可是却被驳回了。

我周围有无数的人温暖地守护着我，而他们在日本侵略时期，却有着一言难尽的血汗泪交织的苦难经历。是中国同志的温情和伤员充满信任的眼神和言语在不知不觉间消去了我们对立的情绪。

二、横穿东北

在此之前，我们临时驻扎在桓仁（即现桓仁满族自治县），顾虑到国民党军队的攻击，我们同伤员一起转移到鸭绿江对岸朝鲜北部的楚山，并收治新开岭战役的伤员。1947 年 4 月我们重返东北，驻扎在吉林省白山市江源县（今江源区）林子头镇。我们的医院改为辽东军区第 32 后方医院 3 所。我的工作也由护士转为统计员。

这里原是煤矿，能望见白山市石人车站，我们的病房和宿舍都是原日本职员的住屋。在这里，我们收治了 1947 年 5 月夏季、9 月秋季、12 月冬季三次攻势的伤员。工作之余，我们组织学习时事和业务。时事分为“倾诉”和“三查”，查阶级、查工作、查斗志，我们日本人因为语言不通，也不大感兴趣。我们还学习简单的业务，这些是在夜以继日的工作之余进行的，时间被占用得很满，以至晚上休息时，刚坐下不出五分钟，大家的鼾声就盖过了老师讲课的声音，老师只能不停地叹气。

闲暇时，我们还开垦肥沃的土地，种上玉米、大豆等粮食。我隐约记得，中国战友只要看到有空地就会撒上种子，据说是为了帮助饥饿的路人充饥。我们务农既能改善自身生活，也能减轻当地人民的负担。我上学时正赶上战时增产体制，拿惯了锄头和锹，感觉比拿笔还顺手。因此，务农也成为我缓解紧张情绪的轻松时刻。

与此同时，我们将日本医务人员中生病、短时间难以痊愈的重症患者陆续送往后方，然后，重新进行了整编。我们想：又要开始新的战斗了。

1948 年 9 月，我们自林子头出发，循通化、四平、通辽向北票尖山子进发，途经林子头附近的“石人血泪山”、万人坑和四平南边的西安煤矿（统称辽源煤矿）。在那里，我听闻了不少劳工的苦难历史，当时却不甚明了。尖山子地如其名，煤矿的煤矸石堆积如山，耸立在我们眼前，让人不禁想起发生在这里的血泪历史。

这里被称为老区，军民一心，水乳交融，让我们这些外人感到非常惊讶，这就是“军民一家人”啊！这里没有那个我所知道的蛮横的关东军，当地人民对我们的到来夹道欢迎，纷纷递上热水，热心地打听各地情况。广袤的土地仿佛是要把高唱着“三大纪律八项注意”的我们吸进去似的，不知从哪儿冒出来的人群瞬间把我们围住，倾诉衷肠，议论纷纷。部队是信息交流的窗口，大家围坐下来就是场座谈会。我忽然想，所谓军队，这才是“人民的军队”，那关东军又算是什么呢?

“一望无际的天是大房盖，绿油油的草原是张大床。”这乐观的精神将我们日本人心中的沟壑抚平了。

结束了这里的任务后，我们乘车从义县出发，过了有“天下第一关”之称的山海关，向关里进发。

在当年工作过的部队医院旧址前合影（高晓燕　提供）

三、从北平和平解放到挥师南下

冬日的华北平原黄风怒号，与东北的白山黑水真有天壤之别。

“东北解放了，家里的老爹老娘还等着俺回去呢！”这些东北汉子的话占理，由于语言不通，生活习惯也不同，他们当然不愿意去南方了。

“同志们，东北解放了，咱们就不管南方的同胞了吗？全中国是‘一家人’啊！”“南方好得很啊！暖和，天上的雀儿都晒成烤乳鸽了，噼里啪啦往下掉！你就在下面张嘴儿接着就行啦！”动员大会上，领导一席话引得大家捧腹大笑。尽管如此，还是有几个人惦念着家，请示领导后卸甲还乡了。

1941 年太平洋战争爆发时，日本兵力南移，东北劳动力枯竭，影响了日本对当地资源的掠夺。把头们花言巧语，将贫苦的劳工从华北一带骗到东北，并将俘虏的八路军、国民党士兵及大量中国民众充作免费劳动力，其中山东人最多，因此我的战友大多都是山东人，部队也都讲山东话。

很多东北人的老家——河北、山东一带，土地比想象中更加贫瘠，春耕前是一望无边的黄土地。

北平和平解放后，部队准备南下，我们进行了有关南方气候风土的说明，并教授了大家行军时的卫生注意事项。主要是疟疾、霍乱、腹泻和小腿溃疡等的应对方法。我们自北仓出发，沿运河南下，水浅时，大家轮流沿河岸牵船。自德州再次起航至临清登岸，在郑州以西的荥阳，我们进行了政治教育和业务学习，并准备继续南下。1949 年 6 月抵达汉口，在东北无法想象的炎热和蚊子汹涌来袭让我们苦不堪言。有报告称，患者中有 70% 是染上了疟疾，人数比伤员还多。我们请求紧急调拨奎宁等药品，最终还是采用当地大蒜灌肠等土办法使疾病的蔓延得以缓解。

令我印象深刻的是炊事班李班长，他年纪已经不小了，白天行军时却总是担着沉重的行军锅快步地走在部队前头。先一步到达休息地点，迅速做好疙瘩汤、粥，等大部队一到立即开饭。

当被问道："您累了吧?"他总是眯缝着眼睛盯着足有一尺长的大烟袋答："这是俺的工作。"大家都吃完后，他刷好锅，又向下一个宿营地进发了。远远望去，扁担好像嵌进了他瘦小的肩膀一样。

难以入眠的夜里，我仰头望着夜空。"吃饱了不想家！"李班长从兜里掏出几粒儿烧焦的锅巴安慰我说。嚼着黑不溜秋的玉米锅巴，淡淡的甜味儿在嘴里弥漫开来。受此恩惠的，不只我一个人。经常有几个小同志过来边摸索着李班长的兜儿边聊着家乡的故事。月影婆娑，李班长一言不发地注视着时而欢天喜地时而悲伤寂寞的小战士们。沉默寡言而又亲切体贴的李班长如今在哪儿呢?

夜深人静，忽闻邻村儿传来难产的消息，具有助产士资格的护士长跟着来人去了。第二天一早，护士长拖着疲惫的身子回来了，“怎么样?”大家围上去问。

“生了！六头。”

“……”

“小猪崽儿。”

是啊，对农民来说，猪崽儿就是他们的命根子。部队出发时，农家主人特地赶来送行表示感谢。

后方培养出来的年轻医生、护士也加入了我们医疗队，我们的职能也逐步由紧急抢救伤员转变为扎根于地方开展诊疗、护理了。我们对这“居乱思稳”的高瞻远瞩深感钦佩，也无比羡慕。

此时，已经到了新中国诞生的前夜，部队在一步步走向光明与和平。在桂林时，偶尔外出，手里攥着从未用过的钞票，被柜台上摆放的色彩鲜艳的花布所吸引，买上一米，迫不及待做了件衬衫儿，衬在朴素的军装里，衣襟处露出一丝花边，让我忆起久别的青春。没有战争的时代就要到来了。回想起来，自打记事儿时起就全是战争。

没有战争的世界！多么了不起！多么激动人心啊！

1952 年，山边悠喜子（前排右三）回国前，中国战友为其送行在桂林拍摄的纪念照

在部队中，我结识了山边贤藏——医院的民族干事。他本来在大学毕业后想要当教师的，可是日本侵华战争使他中断了学业，应征入伍并于 1944 年 4 月来到中国，在林弥一朗的航空队里做地勤工作。日本投降后，加入解放军，1946 年 2 月通化事件后，受到中国共产党的培养教育，被派到陆军后方医院当民族干事。因他对共产党的政策理解得好，又会讲汉语，在做日本同志思想工作中起了重要作用。我们在共同的战斗生活中建立了感情，战时的爱情没有花前月下的缠绵，只有思想上的互相帮助、工作中的互相支持。

1951 年我俩结婚了，婚礼在广西桂林中国人民解放军中南军区第三陆军医院的礼堂里举行，全后方医院300多人参加了我俩的婚礼，婚礼虽然简单朴素，但在我的心目中，那是最隆重、最神圣的婚礼。

1951年在解放军时，山边悠喜子和丈夫山边贤藏结婚时的照片

婚后的生活是甜蜜的，不久，我们的女儿出生了，因出生在广州，所以我俩就给孩子起名叫“珠江”作为纪念。由于当时的生活条件很差，小珠江出生不久即患上了严重的先天性营养不良症，导致视力、听力都很弱。但在全院同志的关怀、帮助下，终于使我们渡过难关。如今“珠江”她已经长大成为一个性情开朗，热爱生活的人，并有着自强不息的精神。对此，我感到非常欣慰，觉得她能有这种精神比拥有什么都可贵。

从16岁到24岁是人生的花季，我的这8年是在中国人民解放军大家庭中度过的。时至今日我依然深深眷恋着那时的生活，那是我一生中最美好的时光。

第三章　回到陌生的日本

1953 年春，我回国了，不知不觉，随父来东北，已过十二年。十二年光阴，于一生中或许并不算长，可不知何故，我脑海里竟浮现不出 1941 年日本当时的情景了。只记得整天防空演习，我从未能和年龄相仿的小朋友说说话、做做游戏。因为怕遭到空袭，家里挂着黑窗帘，即使在悄无声息的夜里，一家人也不敢聚在一起。

动身回国之前，我们住在广州。我接到父亲自东京寄来的信，信的内容很简单，父亲只是想知道分别后我是否安好。

我突然记起临别时父亲的话“活下去！不能死！”还有母亲

冒雪将我送到集合地点时脸上那担心的神情。于是我决定回国，如果父母身体健康的话，我再回到中国。我这样下定决心，踏上了归程。

一、日本，我的祖国

据说此次从解放军退伍归国的日籍战士有2 600人之多，中国同志热烈地欢送我们，相约再会。为了明天，我们不得不踏上新的征程了。在上海登船前，中国政府给我们发了工资。但是，在那个年月，大家都没用过钱，拿着钱反而有些手足无措了。很久以后，我们才明白当时百废待兴的中国对我们的情谊之深。

有中国政府发的工资，我们的生活并不成问题。可是一想到再也不能和同志们一起吃行军锅里热气腾腾的高粱米粥了，再也听不到同志们充满亲情的欢声笑语了，一抹失落不禁袭上心头。而想到即将面对陌生的祖国——日本，只感到浑身紧张。

我抱着女儿带着行李走下甲板，有没有人来接我呢？父母知道我今天回来吗？我在心里疑惑地问着自己。我在嘈杂的人群中搜寻着，一个白发苍苍的瘦小老人被挤来挤去，也在找人，是父亲！

我紧紧抱住女儿，嗓子似乎哽咽了，发出一个连自己都认不出的声音。

父亲顺着声音快步向我们走来，抱住我们，“苦了你了”，

“回来真好”。

“大家那么照顾你，回来时好好说谢谢了吧?”我们满是想要说的话，却又不知如何表达才好。父亲笨拙地抱着外孙女，仿佛是要把她含在嘴里似的，“先回家吧!”

负责为我们办理归国手续的人事务性地自我介绍说是“登陆援护局”的，态度很冷淡。大致处理完杂七杂八的事后，我们得以暂时落脚在父亲住的东京郊外的国立市的房子里。

回想起来，我们在“人民解放军”这个温室中的生活倒是没有任何不便之处。我们回日本时，中国人民正在热火朝天地建设新中国，我们是怀着和平的喜悦踏上日本国土的。可是，初回日本，这里的一切对于我都是陌生的，今后不能一直依靠着年迈的父亲啊！我在心里这样想着。稍稍安顿下来，各种不安又袭上心头。

颠沛流离的生活，使得仅有三个月大的女儿没日没夜地哭，只有躺在我父亲怀里的时候才能安稳入眠。

回国后我所拥有的唯一宝物，就是“人民当家做主人”“为人民服务”的人生理想，这是我们所热爱的中国送给我们的宝贵礼物。但没有任何生活基础的我们，如何才能生存下去，如何才能走好下一步，诸多现实问题考验着我们。

二、认识战败国日本

自甲午战争起，日本开始侵略中国东北，至1945年8月，已近半个世纪，这是一段东北饱受蹂躏的历史。1945 年 8 月 15 日后，欢天喜地庆祝抗日胜利的人们涌上街头，放在今天，我也许会加入他们的队伍，但当时，我只是心情复杂地张望着，我只是个旁观者。

自那以后，已经过了漫长的岁月，日本变成了怎样一副模样？我已完全认不出了。

回到日本后，出现在我眼前的是立川美军基地和美国大兵。我记得战争时日本军人也是这个样子。

我抱着女儿眺望美军基地，看见一排排美军战机，还有在宽敞的美军住宅区游泳池里玩耍的美国小孩儿。而转过头去，看到的却是拥挤不堪的日本贫民区。街上，倚傍着美国人的日本年轻时髦女性随处可见。

日本战败后，据说是美军给饥饿的日本国民送来了奶粉。带来文明的，也是美军？我承认日本在太平洋战争中惨败给了美国军队，可当时的我还是完全无法理解美军统治下的日本现状。之前我与美军的接触，是遭受其协助的蒋介石军空袭，而眼前美国大兵伤痕累累的头部更让人感觉恐怖。

我对这段历史以及战败国日本今天所呈现出的种种景象深感不解，我必须要弄清楚。

北平解放后，打开国民党军的仓库，几十箱盘尼西林注射液散落一地。我感慨地想，如果我们当时有这么多药品，能救助多少伤员啊！中国解放战争时期，世界在朝着不同的方向前进。如果美国不插手中国内战，如果日本战败后世界上再无战争，这些盘尼西林将有不同的用途。民主联军曾经为了救助受伤的同志，不得已从昔日敌人日本商人手中购买了假冒的磺胺制剂（抗生素的一种），结果导致很多战士丧命。这些大发战争财、为了赚钱不择手段的日本商人贩卖假药给受苦的人，让我至今无法原谅。

我居住的国立市临近立川美军基地。归国不久后的 1957 年 6 月，美军基地扩张，开始丈量砂川町。反对扩张的抗议游行队伍冲进美军驻地，导致 7 人因违反刑事特别法被逮捕。（原美军立川基地位于砂川，现为自卫队立川驻屯地和建有昭和天皇纪念馆的国营昭和纪念公园。）

1959 年 3 月，东京地方法院伊达审判长做出如下判决：根据宪法第九条第 2 款，驻日美军为非法武装，其驻留违宪。鉴于此，本案不适用刑事特别法，被告全体无罪（该判决因审判长姓氏被称为“伊达判决”）。对于这一判决人们欢呼雀跃。

1959 年 4 月，检察官越级上告最高法院，伊达判决被推翻，发回地方法院重审，结果终审判决有罪（1959 年 12 月 16 日）。最高法院法官仰美国鼻息，判定：①地方法院无权裁定美军驻留问题；②美军驻留合宪；③安保条约高于日本宪法（麦克阿瑟语）。

根据《旧金山和约》，日本已恢复了主权，可是日美地位协定却只保护所谓驻日美军的地位。这里可是日本啊！日本人的地位呢？美军自己抛弃了美国制定的日本国和平宪法，而日本法院要仰美军鼻息进行判决，这才是日本真正的战败。

1957 年，日本人将当年参与战争的岸信介选为首相（1957—1959 年）。我不能理解，怎么会这样？这里，不是我的祖国！我经常和丈夫争论，我主张要带女儿回中国，丈夫反对说我们应留在日本进行战斗。可是怎么战斗呢？我们能做些什么呢？家里父母也都上了年纪，所以此事一直悬而未决。“因为不满意日本的现状，所以想要逃到欣欣向荣的中国去?”丈夫用一反常态的严厉口吻责备我说。

1958 年 2 月，刘连仁在北海道山中被发现，一篇“坚守 13 载守卫中国人尊严的野人”见诸报端。后来，野添宪治在《刘连仁——战后的穴居野人》后记中愤懑地写道：

“刘连仁被发现时的内阁总理大臣，就是战时的商工大臣岸信介，当时日本政府决定强行掳走中国劳工，现在却不承认这一事实。刘连仁发表声明称‘保留要求日本政府赔偿等的一切权利’，于是年 4 月 13 日带着愤恨回国了。这是日本政府所犯罪行的铁证……”

从照片上我们看到，刘连仁这个“山东大汉”的手脚都被冻伤了，可是当时的报道却称身体并无损伤，报纸这样报道绝非是出于善意。泪止不住地从我眼中涌了出来。不知为什么，我想起了充满亲情的中国解放军和老战友的笑脸。还有比这更活生生的证人吗？我决不会让日本的犯罪证据消失，我要继续追索下去。

我想起勇敢地抵抗日本侵略者的战士、老战友，很多人在日军的屠刀下失去了年轻的生命。眼前大摇大摆的美国大兵，让我不禁想起彼时的伪满洲国。我再次意识到，自己所不知道的侵略事实、受害者的苦难经历遍布中国，甚至，我连抗日战争的本质都全然不了解。

日本战败后对美军卑躬屈膝，对于此等屈辱，我却敢怒不敢言，我为自己感到羞愧。我岂不是同当年一样，站在统治者一侧，在冷眼旁观吗？但我又能做什么呢？不，必须要做些什么才行！

三、关于《旧金山和约》

1951 年 9 月 8 日，48 国代表在旧金山歌剧院签订《旧金山和约》（对日和平条约），该条约将最大的受害国中国、韩国排除在外，苏联也未签署。同日，日本与美国（日方：吉田茂 1 人，美方：国务卿艾奇逊及其顾问杜勒斯、参议员卫理（音译 Alexander Wiley）、布勒吉斯（音译 Styles Bridges）等 4 人）在旧金山美国陆军第六军司令部签订《日美安全保障条约》（安保条约）。1952 年 2 月 28 日，日美基于安保条约签订了确定驻日美军及其军属在日法律地位的《日美行政协定》（1960 年签订新安保条约时，更名为《日美地位协定》。但“美军拥有治外法权，在日本国内可无限制地使用基地”的情况基本未变。）上述《旧金山和约》《日美安全保障条约》《日美行政协定》均于 1952 年 4 月 28 日生效。

根据《旧金山和约》，占领军应自日本撤离。可是于同日签订并生效的《日美安保条约》却含有承认美军可在日本全土无限制地使用军事基地、美国不负有日本防卫义务等不平等条款。而《日美行政协定》进一步确定了驻日美军及其军属在日本的法律地位，同伪满洲国竟如出一辙。外交专家曾说，“美国缔结《旧金山和约》《日美安全保障条约》的最终目的就是缔结《日美行政协定》。”

无视《旧金山和约》，在战后 70 年间，美国占领军出于军事目的驻留日本，视日本全土为己物，这种状态能称之为正常吗？不能否认，日本有“依附强权”的政治体制，正是因为如此才有了这 70 年的美国军事基地驻在的事实。让人感到不可思议的是，日本天皇不是命令说“宁死不受囚虏辱”吗？日本在美军占领下，连此誓言都抛诸脑后了。

我想起 20 世纪 80 年代我在中国东北长春市白求恩医科大学与学生交流时，席上年轻的 X 射线技师孙放对我说的话：“中国虽然还很穷，却一支外国军队都没有了。日本被公认为经济大国，为何却还有趾高气扬的美军呢？”孙放认真的神情至今历历在目。

战后70年了，首都东京却还被横田、横须贺、厚木、座间等美军基地所环视，每天直升机在上空隆隆轰鸣，耀武扬威。外国军队兵临城下，为什么？美军基地是为了保护日本？不会吧，特意让外国军队守护日本首都？不可能的事！倒是若稍违美军意旨，日本首都就会受到威胁。安倍首相所倡导的“可以战争的普通国家”与国民所期望的和平背道而驰。

美军以胜利者的姿态君临日本，横行霸道，日本却舍弃尊严迎合这一切。岸信介的继承人——现任首相安倍所鼓吹的“回归”将意味着重蹈覆辙。我们的屈辱感呢？

最近安倍口口声声向国民承诺道：“缩小与冲绳之间的分歧”“妥善说明以寻求谅解”。可是特地前去协商的知事却吃了闭门羹，与破坏冲绳自然环境的美军勾肩搭背，欺凌当地人民，这是日本首相做的事吗？甘愿做美军殖民地，藐视中国、朝鲜、韩国。当年还不是被抗日战士小米加步枪不屈不挠的战斗精神打败了。

四、寻工作，忆中国

职场上男女平等本应是理所当然的，我们同样拥有工作的权利。可是对带小孩儿的女性来说，找工作却并非易事。首先是面试：

“你上班有人看孩子吗？”

“哎?”

“就是说你不在有没有人帮你看孩子？……”

在日本，工作单位是没有托儿所的。所以，孩子小的话对于母亲而言若想寻得一份谋生的工作并非易事。

50 年代的中国，不论是工厂、学校、人民公社还是各机关单位都有托儿所，并规定有哺乳时间，女性工作没有任何障碍。关于女性进入社会的问题，占国民半数的女性的观点有多重要，有心之人都不难理解。可是在男性占主导地位的日本社会，女性只不过是在照看孩子之余挣点儿零花钱的廉价劳动力。战后 70 年的今天，安倍政府开始提倡女性进入社会，假使女性真的进入社会，家里的孩子、老人谁来照看？根本没考虑与之相关的具体配套措施。女性以事业为重就意味着自己的婚姻和家庭要受到影响。战时受害最深的无疑是女性，而社会成长发展也需要女性建言尽力。可是在沿承旧制的日本，在男性占主导的日本，一起回国的战友们，护士、医生们，很多人为了工作都没有结婚。她们如果不懂得家庭，何谈体会患者的感受？

最近议会上一句“你赶紧结婚生孩子去吧!”（国会诽谤发言）闹得沸沸扬扬。报道流于表面，并未触及滋养男性主导社会的旧日本陋习。大家将之视为笑谈，结果不了了之。结婚、孕育爱的结晶，谁不渴望？可是在男性社会中，家庭负担全都压在女性身上。在只能顺从地作为男性辅助的日本社会，女性若想与男性同台竞技，就不得不放弃“结婚”这一人类自然的生活方式。头脑灵活高高在上的政治家完全看不见现实。诚如麻生太郎所言“我不懂穷人的世界”。虽然新闻报道批评了此次的不正当言论，但这是女性结婚生子能解决的问题吗？无非是想把女性束缚在家庭，而姑息纵容男性社会的借口罢了。我惊诧地看到这群享受着特权的政治家竟如此愚蠢。我所认识的中国黑龙江女性若受此侮辱，会在台上无所适从哭哭啼啼吗？只有女性扛起半边天的社会才会改变，日本为何不学习邻国中国的伟大之处呢？自认为日本是先进国家，中国是落后国家，对自身毫不自省，这样的国家是没有发展的。邻国发展了，本应保持友好关系，携手共谋发展。可是日本却只关注中国军力，大肆宣扬中国“威胁”论，将战备正当化。2014 年 7 月 1 日，安倍政府强行通过“内阁决议”，使自卫队在现政权下行使集体自卫权等武力成为可能。那么下一步就是宣战了。日本人民会对战争不吭声地盲从吗？

原东京都知事石原慎太郎在任时曾有过“丧失了生育能力的女性是无用之物”的言论，这种连生育养育自己的慈母都侮辱的人，我怀疑他是否有做政治家的资格，不，我甚至怀疑他是否有做人的资格。

日本轻视女性，蔑视地位比自己低的人排斥外民族。年轻人对蒸蒸日上的邻国视而不见，这样的社会能迎来和平发展吗？

五、一起归国的战友们

每年九一八纪念日那天，我们这些归国后留在东京的人都会小聚一下，聊聊天，了解彼此的近况。近年，很多人都已经离去了，当年一起边喝大碴粥、疙瘩汤边咂嘴咂舌的战友们走了，下次聚会也许将在天国了吧？“天国的和平会议”倡议：“不要战争！要和平！”大家的齐声高喊回荡在虚空中，期望能留下一个回响。

与战友们在日本的合影（高晓燕　提供）

返回高知县的年轻医生竹内秀义先生。归国后，他入大阪大学学习并取得医学博士学位。后返回家乡，在一个穷乡僻壤的农村誓用一生“为人民服务到底”。仁淀川两岸风光旖旎，四国山脉绵延不绝，山间小路崎岖险峻。农民靠上山砍柴、在山间种菜维生。现在当地人提起竹内医生都说，我们没钱看病可以用米菜代替，医生跟我们一样穷；医生总是背着医疗器具和药上门去看病；“多亏了有竹内医生，我的爷爷和父亲去世前得以有医生的看护。”这位“赤脚医生”是村里唯一的医生，先生走后当地人对他的家人也非常好。

原第四后方医院副院长今川知和。归国后，他在筑丰煤矿为矿工们看病。日本进入经济高速成长期后，煤炭业开始衰落，渐渐为石油所取代。大批矿工失去工作，生活困窘。虽说身为名医去哪儿都不愁工作，但老院长却在煤矿和矿工们一起生活了一辈子。

《中国人民解放军第四野战军卫生工作史（1945 年 8 月—1950 年 5 月）》资料篇介绍了他的经历。他是沈阳南满医大博士，战败时是安东满铁医院外科部长。据说他回国后因为贫困，再加上自身体弱多病，于 20 世纪 60 年代就去世了。他的夫人也因病痛缠身无力就医去世了。

关于日本政府对待归国者的冷淡态度，我上面也提到了，很多经验丰富、具有资历的人因为没有日本的许可证明，无法继续从事战前救死扶伤的工作了。如果尚年轻的话，可以像竹内医生那样重返校园，但却也并非易事。在混乱的战争年代，饱经苦难苟活下来的人，谁有心思去保管一张证书呢？不得不说，政府完全不顾及现实，对要重新探寻生路的归国者是“不负责任”的。下面要谈到的内田护士长也有同样的境遇，政府发动了战争，却拒绝给予国民被战争剥夺的正当权利。今川医生骄傲地拒绝了政府，不愿成为一纸证明的有经验有技术的医生。在归国不久的60年代，大家没有能力互相帮助。我们聚在一起怀念敬爱的中国已是90年代的事了，尊敬的今川医生已经在没有明天的煤矿献出了宝贵的生命。

原后方医院护士长本末子（原姓：内田）。因日本政府对中国归来的同胞态度冷淡，规定归国人员去医院工作需要提供先前（战前、战时）发的证书（护校毕业证、助产士资格证书）。在那个混乱的年代，谁会把证书看得比性命还重要呢？在海啸、地震中能保全性命就已不错了，日本政府完全不考虑实际情况。她不得已告别了自己熟悉的护士行业，转而取得调理师资格，在医院负责营养餐。同时还在附近的千叶大学学习护理，为了解决一些当地居民求医问药的基本问题，很多时候还上门答疑解惑（响应附近居民期望的自发行为），是一个工作起来废寝忘食的人。附近的人经常来咨询她，我都没见她闲下来过。行动不便去不了医院的老人，付不起医药费的穷人都来咨询她，她成了当地不可缺少的阿婆。不管你什么时候去，她家都坐满了欢声笑语的人，他们让她讲讲在中国的事，大家都听得津津有味。现已年逾90岁，住在千叶县养老院的她，一如既往地成了那里深受欢迎的谈话对象。

曾经同甘共苦的战友们回国后各奔东西，努力在各自的天地里开辟自己新的道路。生活稍稍稳定下来后，大家小聚了几次，

日籍解放军老战友半个世纪后的再聚会（高晓燕　提供）

看看彼此是否还都安好。几乎没人提起回国后日本政府的态度，许是失望至极的缘故。大家都在愉快地谈论着在中国的各种经历，或是谈谈自己的工作，关心彼此的生活，总有说不完的话。

半个世纪过去了，很多人都离世了。他们给生者留下了同一句话："侵略战争不能解决任何问题，那是赤裸裸的犯罪！只会让受害者流泪。我们要与中国受害者共担这个教训。"

回想当年中国共产党留用我们这些日本人曾做出的有关指示：

关于争取日籍医务人员工作的指示（概要）

1. 总卫生部所属各部门日籍医务人员占了很大的数量。这些日本人在我们的工作建设中曾起了一定的作用，但由于我们对于争取日籍医务人员工作尚存有许多缺点以及日本人本身的原因，以致不但未能将这些日本医务人员的技术很好地发挥改进，相反的在他们中间还存在着不负责任的工作态度，这对改进各单位的工作是一大障碍。今后为了加强并整顿各单位的工作以配合目前战斗任务的需要，则对于日本医务人员的工作必须改进，否则即影响我们各单位整个工作的进行。

2. 从数月以来的工作中我们感到各单位对于上述的情况还认识不够。

第一种倾向，即“左”的偏向，认为这些日本医务人员是战败的俘虏兵，于是常以错误的态度去对待他们，要他们工作时则一味地用强迫的办法，有的不要他们工作（如病人反对让日本人给看病），对于他们的生活不给予照顾，人格不予以尊重，技术不给以重视，结果使得日籍医务人员离开。

第二种倾向，即“右”的偏向，遇事迁就他们，有的迁就他们过高的要求，而竟将工作如何改进的问题置之于脑后。

……

留用日本人方针政策

关于对日本人的留用，部队也未能很好地理解。日本人对人民军队也不了解，存在惶恐、不安，伪装自己（对于自己的出身，至今也很少主动说明）的情况。我们要配备懂日语的人，了解彼此的民族习惯，努力消除与他们的传统观念方面的隔阂。虽然很难一下子改善，但是应该朝这个方向努力。

民主联军总政治部指出，日本侨民不是战争俘虏，更不是战犯，医务工作者也不是战争俘虏。

要给予他们生活上与中国人同等的待遇，使他们安心生活。

后来，日本人的不安渐渐消去，生活上，工作上都更加积极。而且大家都是年轻人，很快习惯了在人民军队的生活，并能敞开心扉交流了。

而战败当时，日本政府是如何考虑留守军民善后问题的呢?

1945 年 8 月 19 日，大本营参谋朝枝繁春奉大本营参谋长梅津美治郎命令到关东军宣布敕命。“因事态紧急，我用铅笔草拟了方案，由作战课长天野正一少将、第一部长官宫崎周一少将、参谋次长河边虎四郎、参谋总长梅津美治郎大将分别签署。参谋总长梅津拿着那张铅笔草写的方案，由副官井上忠夫中佐陪同，匆忙入内上奏天皇，获准后由井上副官颁布。”

大陆命“细则遵参谋总长指示”中的一部分：

①为造成美苏对抗之局面，关东军总司令官应指挥作战，尽力将苏联红军迅速引至朝鲜海峡。

②虑及战后将来帝国之复兴再建，关东军总司令官应尽力将大量日本人遗留于大陆一隅。为达此目的，遗留日本军民之国籍可任其变更。（见齐藤六郎《西伯利亚挽歌》）

也就是说，留守日本军民是天皇以及关东军为图谋复兴而有意遗留在中国内地的。我们这些留守东北的所谓“弃民”，在当时是无望回国的，那些领导人还觊觎着卷土重来呢！

上述资料都是我在2000年获悉的，我重新认识到，当时中国在顾虑重重中对日本人留守问题进行了探讨。对于中方的做法，我们非常理解，从散落于本书的段落也能看出，这些资料可以作为了解战争中中日双方态度的参考书。

第四章　重返第二故乡中国

1984 年满 55 岁后，自长年工作的国铁系建筑公司退休，在退休之前，我辗转联系到了当年部队的老首长，希望他能够帮我在中国联系一份适合我的工作。他当时在长春白求恩医科大学工作，恰好当时白求恩医科大学急需日语外教。于是我便很顺利成为白求恩医科大学的日语教师。10 月我离开日本开启了期盼已久的中国之旅，有时间得以探访过去生活的地方了。从 1981 年开始，日本作家森村诚一的《恶魔的饱食》三部曲陆续出版。这部作品出版后引起了巨大的反响，《人民日报》对其进行了连载，当时我正在长春任教，看到邮局阅报栏上贴着揭露日军罪行的文章非常好奇。遗憾的是，我对中文一知半解，对前因后果也不清楚，以至我完全无法理解文章的内容。但我无法一走了之，置之不理，因为这是一篇揭露侵华日军第七三一部队罪行的文章，因此我每天都去邮局门前的阅报栏读报。

长春寒冷的早晨，大字报蒙上了一层雾霭，几个人在认真地看着。我难以想象这篇文章记录的会是事实，不会是关于战争的传奇小说吧？可是周围这些认真的中国读者却是肯定的："听说过，那时候日本人干得出来。"

为什么他们会这么想？要是我的中文再好一些就好了，环顾四周，只有我一个日本人。我有资格提出异议吗？我觉得即便并非虚构，日本人也不会残忍到这个地步吧，大概是中国受害者的臆想吧？但在频频点头议论纷纷的中国人面前，我没有发出声音的勇气，我完全孤立了。

1988 年至 1989 年我又到解放军第四军医大学任日语教师两年。后来我回到日本，终于买到了日文版的《恶魔的饱食》，我如饥似渴地读完了，对于那样的事实，选择相信还是不信呢？

听说七三一部队遗址位于中国黑龙江省哈尔滨市的平房区，于是在 1992 年 9 月，我以去黑龙江大学学中文的名义再次回到中国。黑龙江大学离平房区比较近，在校门口坐公交车大约 30 分钟车程。于是我甚至占用上课时间频繁地往平房跑。昏暗的场馆内散放着当时七三一部队使用过的各式医疗器具，有工作人员在认真地清理。

一、初逢难忘恩师

频繁的参观使我和七三一部队罪证陈列馆的馆长韩晓先生相识了。对先生来说，我无疑是个既失礼又啰唆的老太婆。我对如何认识七三一部队感到困惑不解，于是，我跟韩晓先生就如影随形了（我认为也许只有这个词才贴切）。我们探访各地民众，了解他们的生活经历和想法。累了的时候，韩先生洪亮的声音总能驱散我的倦怠，他热情、洪亮的声音时刻在我耳畔激励着我，而先生的英年早逝也着实令人扼腕痛惜。

我还有一位终生恩师——步平先生。

一天我在黑龙江大学上课，听老师说黑龙江省社会科学院历史所要进行东北三省战争遗迹联合调查。我非常想参加，但是又想这是一次学者调查活动，应该不会允许我这样的疏浅不学之人参加吧！如果说不行的话，我就不去添麻烦了。我这样决定后，去跟当时的历史所所长步平先生申请，黑大的侯老师在旁为我说了不少话，步平先生终于答应了。我们乘坐一辆大巴，加上关于原热河省（译者注：热河省于 1955 年 7 月 30 日撤销，辖区分布在现内蒙古自治区、河北省、辽宁省）研究的学者开始了联合调查，我们自哈尔滨出发，一路向北。同行人的年龄大都只有我的一半，都是大学刚毕业、满怀理想的年轻学者。队长是来自吉林省的王承礼先生，先生耐心而又细致入微的讲解让我获益良多，不过我有些担心自己的发问是否会影响一起参加调查的年轻人。“现在不调查的话，这些重要遗迹就随时代消失了，各地的历史见证人越来越少了，我们要听取他们的宝贵回忆。”我对步平先生的热忱深感共鸣，可惜我虽有满腔热情却深感岁月不饶人，上了年纪的我特别容易困顿疲乏，尽管我内心深知这个课题的紧迫性。社会科学院历史所的各位先生给予了我超出一般师生关系的指导和照顾。

1992 年与东北三省研究者一道考察黑龙江地区日军侵华战争遗迹

（高晓燕　提供）

其实我最应该感谢的，是对我帮助最大的黑龙江省人民对外友好协会的各位同志。我是一个外国人，若没有黑龙江省人民对外友好协会各位同志的大力协助，我也只能是空有抱负了。我期盼有人聆听我的想法、我的计划，于是，我就厚着脸皮经常登门拜访了。

“此次来访有何贵干啊?”迎接我的是处长徐广明先生，他用流利的日语亲切地说。听到熟悉的日语我长长舒了一口气，就来访的目的跟他用心地交流，也得到了他与其他同志的热心帮助，于是后来我就经常上门打扰了。在这里，我能感受到老朋友般的信赖。哪怕是严厉的指责都会让我感到我不是外人，而与他们是“一家人”。我没有兄长，但我想所谓兄妹之情，就是这个样子吧!

2001年我们从档案馆发掘了《“七三一部队”罪行铁证》一书，决定重印。书很旧，又是我看不习惯的半文言文，所以要通宵进行最终校对。办公室门前的小拉面馆里的拉面很好吃，可是心里念着“马上就要天亮了，加油!”的我并没有心思细细品尝。我马上要回国，又不能把工作丢下不管，所以必须加快校对进度。徐先生翻阅稿件的细微声响激励着我，终于在天亮前我完成了艰巨的任务。距出发只剩1个小时了，我匆匆收拾好行李，向着机场出发了。彻夜的工作虽使我略感疲惫，但完成工作的喜悦让我倍感轻松。直到听到已抵达成田机场的广播，才后悔地想起，我都没来得及对一直陪我到最后的徐广明大哥说声谢谢。

其后我在哈尔滨《健康报》看到的一篇文章让我结识了记者金雷。步平先生关于“日遗毒气弹”问题的研究作为此次遗迹调查新的具体课题而受到关注。当时中国政府对日军罪行积极的控诉，已经引起了世界范围的关注。日本必须承认遗弃化学武器，并积极参与处理行动了。这是敦促日本正视战后问题的铁证。

日军遗弃的化学武器在战后伤害了无数无辜百姓，让我感到惭愧的是，我那时才第一次被毒气弹对人的伤害之深所震惊。看到受害者一生都无望治愈的报道，我们被莫名的阴暗情绪笼罩着。“好不容易祖国解放了，才享受了几天的喜悦，为什么我们要遭受这样的痛苦?”黑龙江省航道局红旗09号挖泥船的李臣叹息道。化学武器遗祸无穷，面对受害者，日本再不能含糊其辞地遮掩事实了。可是，日本的处理方式既缺少人道又缺乏人文关怀。

通过解放军战士对我的讲述和我在各地亲耳听到的老乡的凄惨控诉，我惊觉受害者所承受的不仅仅是伤口的痛楚，而是一生的幸福都被剥夺了。我被侵略战争罪孽之深重震惊了。生活在和平年代，本应有着大好青春年华的李臣却因为遭受了毒气伤害而长年伤痛不愈，几次想要自杀，“不想这么活着拖累家人”。

二、三尾丰与大连事件

为扼杀国际反帝情报组织和抗日组织活动，日本宪兵队设立了时称“八六部队”的特殊部队。1943年6月，无线电报探查第一分队被派往大连。

根据原宪兵队的三尾丰证词得知，起初宪兵队拼命搜索电波，但因抗日组织提高了警觉暂停发报而毫无结果。不过在10月1日深夜2点，大连黑石礁再度出现可疑电波。确认发报地点后，无线电报探查部门协同宪兵队共出动60人，破坏了反帝组织，此案仅半个月就逮捕了21人，其中沈得龙夫人、吴宝珍夫人等4人被释放，沈得龙、王耀轩、王东升、李忠善4人经关东宪兵队司令官批准，于1944年1月5日由曹长三尾丰带队，被“特别移送”至哈尔滨石井部队（或被用活人细菌实验手段残忍杀害）。其余13人（刘万会、杨学礼等）至今下落不明。

抗日战争胜利后，日本侵略军大多狼狈逃走，与本案相关的大连宪兵队战务课曹长今中俊男、大连宪兵队特务课思想对策班班长长沼节二、大连宪兵队战务课外勤曹长三尾丰被苏军俘虏后押往西伯利亚，后被送往中国辽宁省抚顺战犯管理所接受中国政府人道教育、思想改造。

三尾丰的证词说其余17人被释放了，刘万会的孙子刘兴家代表其父刘忠勋于1993年2月6日向三尾丰提出“质问状”询问其祖父下落。三尾丰接到信后，认为应尽全力调查事实真相，给其家属一个交代，于是开始寻访与本案有关的宪兵。他辗转日本与相关者确认事实，不过前面提到的今中俊男已病逝，其他人也因年事已高思维或表述困难没得到线索。

“尽管现居于下马塘的刘兴家一家、协助追索资料的大连市党史委员会、七三一部队罪证陈列馆馆长韩晓先生多方努力，此

案还是未能取得新进展。”（三尾丰）

我们只有认为，宪兵队军官同七三一部队大连支部军官密商后将被逮捕的众人押往七三一部队杀害了。新京（译者注：即长春。九一八事变后，东北沦陷，建立伪满洲国。1932 年长春被定为伪满洲国首都并更名为“新京”）、牡丹江都有七三一部队做活人实验残杀中国人的证词。日方结论交给了刘兴家一家。可是，刘兴家一家只能无奈地接受这个结论吗？

经过 14 年艰苦抗战，日本侵略者终以失败告终。可是无数牺牲者却再也回不到日思夜想的亲人身边了。在我们调查七三一部队犯罪事实时，曾被征为七三一部队杂役的平房区居民证实道，“被逮捕的人一旦进了这扇门，就再没出去过”，人是有来无回。曾经眼见同胞命在旦夕却又无能为力，当年的劳工们至今愤恨不已。

现在我们要面对的，并非是“刘万会”一个人的问题，当然也不是三尾丰个人是否坦诚的问题。而望眼欲穿盼望着亲人归来的不只是“刘万会”一家，整个中国乃至整个亚洲存在着千千万万的“刘万会”，这是不争的事实。全中国的受害者，我们一起战斗吧！

加害者不但毫不反省，反而谋求成为“可以战争的普通国家”，这完全丧失了人类应有的良知。因为“日本缺少资源”，所以为了取胜，只有研制细菌战和毒气战。人们接受了这个说辞。

刘兴家力所能及地搜集了疑似其祖父的报道，在我 2013 年再次拜访他时交给了我，不过这些报道很难证实。日军当时极其狡猾，将七三一部队等逮捕的抗日战士姓名都抹去了。万人坑里累累的白骨，都成了无名的牺牲者。无名无姓的人们被剥夺了一切权利。中国各地的档案馆展出了不少宝贵资料，我希望能有更多的日军遗留档案被公开，不仅仅是为了刘万会一人，也为了无数的抗日先烈，更为了我们的未来。

三、辽源煤矿（旧名西安煤矿）

那是 1948 年 9 月，跟随部队由通化去往四平的路上，记不清是谁提到了矿工的悲惨命运，“西安煤矿”这四个字从此深深地印在我的脑海里。2014 年 4 月，一直想去探访却始终没有机会的我终于踏上了这块土地。在“日伪统治时期辽源矿工墓陈列馆”里见到了原馆长刘玉林。他一生致力于辽源煤矿资料的保存与研究、纪念馆的设立。尽管已经退休了，还坚持每天去上班，从未中断过相关方面的研究。辽源煤矿万人坑于 1983 年被认定为吉林省文物保护单位。刘原馆长饱含热情地说：“辽源劳工并未对侵略者俯首听命，日本监工的拳打脚踢并未让他们心甘情愿地去挖煤助纣为虐。苦难孕育了抵抗，很多牺牲者有力地支撑了组织。”高大的纪念馆里刘原馆长父女两人细致耐心地为我讲解着。

1911 年，当地农民打井时意外发现此地蕴有优质煤矿，旧社会的黑暗由此降临了，直至 1947 年辽源解放。1931 年九一八事变后，关东军为掠夺资源，要求加大采煤量，矿山被全面置于日本统治之下，日本侵略者与汉奸、把头狼狈为奸，野蛮残酷地压榨矿工，将矿山变成了人间地狱。当时有这样的说法:“人间地狱十八层，十八层底下是矿工”。

1932 年伪满洲国煤炭产量为 16. 2 万吨，到了 1934 年 3 月份，达到 45. 5 万吨，其后保持在年产 62. 4 万吨。1943 年 3 月 1 日，西安矿业所脱离“满炭”，成立了独立经营的西安煤矿株式会社。在日本图谋扩大侵略全中国的背景下，1937 年开始实施“矿业开发五年计划”，5 年内年产量由 75 万吨提高至 250 万吨。

掠夺者对煤炭的需求年年增加，使得征募劳动力愈加困难，侵略者与汉奸、把头勾结得更为紧密了。为征募劳动力，各采煤所的劳务部门将有经验有手段的社员聚集在一起组成劳动力征募班，在精挑细选的把头的协助下，开始在华北一带征募劳工。(据日方报告西安工业所十年史，概要)

据幸存者回忆，在“煤比人重要”的政策下，征募来的劳工的境遇是非人的。日本统治时期，东北作为侵略全中国的基地，实施了“以人换煤”“人肉开采”政策。有份生产一吨煤所需原料的估算表格外引人注目。除火药、雷管等原料外，还有一项竟是被列为“消耗品”的劳工数！侵略者根本就不把劳工当人，而是作为掠夺资源的原料！采煤所需的消耗品！1942 年太平洋战争扩大，强盗们对资源的需求更加疯狂了，在完全无视人性命的

“煤比人重要”政策下，几乎每天都有矿难发生。1942 年 9 月 23 日的煤气爆炸导致 617 名矿工丧生。上述事实并非只辽源一处，各煤矿皆有类似报告。

当时中国劳工一边叹息一边却又不得不屈从于侵略者，他们内部出现了共产党组织，在共产党的领导下，劳工们采取了各种办法妨碍出煤，并有意识地破坏工具。“孕育反抗力量的正是日本侵略者自己”，诚如此言。

我们知道的劳工总数为 922 348 人，而战败时只剩18 000人，劳工的平均寿命仅为 30. 5 岁。现在辽源只有一座煤矿，而在日本侵略时期有四座。日本人最多的时候有员工 1 700 人，家属 3 000人，并设有小学等生活设施，俨然一个小市区。

1963 年 9 月 7 日，辽源煤矿的工作人员整理清扫“方家墓地”，发现了三具并排排列的尸骨，中间的那具胸口处有一蜡纸包的小包，里面包着一张 20 厘米见方大小泛黄的纸。纸中间破了，不过字迹清晰可见。这是一张日本统治时期西安煤矿（现在的辽源煤矿）的工票，也就是工资明细，是“方家大柜”发的。（“大柜”是矿业特有组织，把头将劳工聚集在一起承包企业工作，榨取劳工。）

这张工票的主人是牛世清。他于康德 8 年（1941 年）11 月 1 日来到“方家大柜”，这张工票是康德 9 年（1942 年）11 月发的，可以推出牛世清来到西安煤矿仅 13 个月就丧命了。11 月份他工作了 30 天，一个月的工资是 32. 34 元，可是扣缴各种款项后，竟然还倒欠大柜4.24元。扣缴项目共计17项，牛世清扣缴了其中10项。而此前牛世清还有没缴清的欠款9.38元。无论本人如何节俭，应领工资都是负数，根本没钱养活家人。

康德九年11月份　　　　　　　　　　方家大柜

	工数	30	月/日	借金	物品	单价	物品	单价	上月欠金	番号
	工资金额	32.34							9.38	8127
	共济金	1.20							本月扣金	氏名
	铺底费	2.00							27.2	牛世清
	平时贷金								应领工金	入伙日
	炕长费	40								8年11月1日
引	伙食费	7.50							本月欠金	出伙日
	饭票	1200							4.24	月日年
	水袜子								把头	开支数
去	作业器									次
	理发费	40							经手人	领金人押
	车牌罚	1.50								
金	安全灯罚									
	石炭贷	1.10								
	印章指纹照像									
额	餐具									
	事务印刷	50								
	菜金	60								
	衣服									

（此系牛世清工票复制品，原件现存中国国家博物馆）

有记录显示逃亡者接连不断。“最初来 144 人，后来只剩 28 人。在这儿一分钱拿不到，逃走是当然的了。”幸存者控诉道：“这就是当时把头给我们的开支证明，更是日本帝国主义、汉奸、把头压榨我们的铁证。这上面所写的每一个字都浸满了我们劳工的血与泪……”

这枚工票是日本侵略者掠夺中国资源的铁证。我们将继承逝者无声的抗议继续斗争。

中国已度过了那个困难时期，今天已成长为令世界瞩目的大国。劳动人民的心愿、理想将铭记在 14 亿中国人民和日本爱好和平的人们心中。

牛世清已离去七十余年了，胸前的这枚工票足以告发侵略者。

四、本溪的“特殊工人”

九一八事变后的 14 年里，日本为扩大侵略，将东北变为军事基地，人们的怒吼声、呻吟声不绝于耳。在牛马不如的非人环境里，有一群战斗不屈的人，日本人将他们称为“特殊工人”。可是当时，我们甚至不知道他们的存在。他们高呼“日本鬼子垮台了!”“我们自己的国家，她的资源由我们自己守卫!”他们并未赶杀留守日本人，而是目光长远地投身于维护本溪治安中。

太平洋战争爆发，军工产品的生产成为当务之急，在“无欲则胜”的口号下，我们在满日本人夜以继日地辛苦劳作，中国人更是被残酷的奴役。

华北一带，抗日情绪高涨的八路军战士、解放区行政干部、国民党军官兵以及一些普通民众，被抓到劳工训练所、收容所进行思想改造，后被称为“特殊工人”。他们被押往东北各地的边境军事要塞、交通枢纽、煤矿等地做劳工。1941 年，被押往满铁所在地抚顺、满洲重工业所在地阜新，以及本溪湖煤铁等地。

得知战败后，我呆呆地望着窗外庆祝抗日胜利的人群。是啊，摆脱侵略者的剥削、压榨，从今往后不用做牛做马是多么值得庆贺的事情。几天前，有个小孩跟我擦身而过时，冲我喊“你们日本人快完了！”我的心一震，但并未意识到其严重性。

本溪市是平稳的。在这平静的环境里，我以为战争结束了，东北没有战争了，可以过平静的生活了，却不知这是混乱的前兆。原统治者日本人仓皇逃跑，市里的治安秩序由谁来维持呢？

通过原统治者回国后发表的各种回忆录，我大致了解了一些，但这只是原统治者的一家之言。

后来，我通过社会科学文献出版社出版的《本溪城市史》，了解了煤矿的由来；通过《中国共产党本溪史》，了解了从 1945 年 8 月 19 日至 22 日，在茨沟临时党支部的指导下，本溪湖茨沟、柳塘煤矿的“特殊工人”联合组织了“本溪工人纠察队”，队员有 2 500 人。

日本对中国东北垂涎已久。20 世纪初叶，经过明治维新的日本，从受害者一跃成为加害者。

1904 年，政商大仓组派员参加军队行动，调查了安奉线沿线本溪庙儿沟的石炭、生铁。(是年 2 月 8 日，日俄开战)

1905 年 1 月，日军占领旅顺。5 月 28 日，日本海海战胜利。11 月，大仓组向关东州总督府申请采煤许可，12 月获批。同时，安奉线轻便铁道全线竣工。日本采掘、输送中国资源的侵略企图，因朴次茅斯条约的缔结实现了。

该条约第 5 款：“俄帝国政府以清国政府之允许，将旅顺口、大连并其附近领土领水之租借权转与日本帝国政府。”

第 6 款：“俄帝国政府以清国政府之允许，将长春至旅顺口之铁路及一切支路，并在该地方所附属之一切权利、特权、财产，以及在该地方铁道内附属之一切煤矿，或为铁道利益起见所经营之一切煤矿，不受补偿转与日本帝国政府。”

同年末，清国政府在日清满洲善后条约中声明，除转让俄既得利益外，不承认一切新的权利。

本溪除了产煤，地下还富含铁资源。庙儿沟铁山矿出产的铁矿石和本溪湖低磷炭提炼出的本溪（湖）低磷铁世界闻名。低磷铁以其硬度高且多用于炮筒等兵器而著名，也是海军造船不可或缺的材料。此前这种铁一直从瑞典进口，可是战争导致进口困难。本溪湖低磷铁的需求急剧上升，海军和关东军企图收购独立经营的大仓。最终大仓、满洲重工业、满洲制铁所合并为满洲制铁，将铁售给海军和满铁。海军、满铁、大仓沆瀣一气，联合侵略“伪满洲国”。大仓获得巨额利益，更将魔爪从华北伸向整个中国。（据说铁大多被售给了吴海军工厂、三菱长崎造船所，其数量占总量的 40%，其他军工厂使用量占 40%，民用占 20%。中国东北各地出产的低磷铁几乎全部沉入太平洋海底。可以说，战时铁的产量决定了成败。）

日本侵略中国时，中国战俘没有战俘待遇。日本并未“宣战”，且将之称为“事变”而非“战争”，因此日本不必遵守国际公约。为何要找如此蹩脚的借口呢？因为如果称之为战争，便将无法从美国获取战略物资……这才是真相！（据藤原彰讲演记载）

1942 年 4 月 26 日那场惨绝人寰的煤矿爆炸至今虽然已经过去 73 年了，我却仍记忆犹新，我那时还是学生。附近的宫原医院，病房里挤不下那么多伤者，很多人只好躺在走廊。很多家属挤在一起呼喊着伤者的名字。于当时的外界而言，大家只听说是粉尘爆炸，是“机密”，至于细节和深层的问题就不得而知了。

当时幸存者尚宝德这样回忆说：“我 1927 年 2 月生，是本溪煤矿退休工人，原籍山东，家庭出身算是贫农。上有父母，下有一个妹妹，是四口之家。在天津听说本溪湖煤铁公司募集劳工，就去瞧瞧。负责人说本溪可好了。吃穿住都不愁，住高楼，电随便用。煤矿工资高，能攒下钱，父亲当即就报名了。我记得负责人当场借给我们300元钱。我们坐汽车从天津到本溪。那儿确实有高楼，却不是给我们工人住的。父亲被分到采掘班，我被分到搬运科。父亲一天挣不上1元钱，每月20元钱算是多的了。我一天就几角钱，家里成天为吃的发愁，不得已向把头借钱，借来的钱从我们的工资中扣，所以每个月到头来根本没有收入。食不果腹，衣不遮体。

来这儿一年那场煤矿大爆炸就发生了。我和4个矿工在柳塘坑干活，那天好像下雨，我们急匆匆进了坑口。大约走了100米，突然一声巨响，巨大的气流将我推向坑口并抛出100多米。我昏过去了，醒来时身边一位老人一边帮我解下缠在腰上的铁丝，一边问我‘你是哪儿来的，孩子？怎么会在这儿？’我试着站起来，却发现腰、大腿、脸和耳朵都受了伤。应该是巨大的气流将我冲到了坑口外的电线上，所幸没撞到硬东西。我稍稍缓过点神儿，眼前还有些模糊，朝坑口方向望去，只见浓烟滚滚，火光冲天。听见有人大喊‘不好了！不好了！着火了！’。我站起来，甚至忘了说句‘谢谢’，就向医院走去。我是第一个来医院的伤者，伤不重，稍微包扎一下就能工作了。我侥幸得救了，工友们却都死了。老马被气流冲飞到了坑口外停车的水泥柱那儿；老肖摔到了坑口外的电车道上；老张和老丁摔到了坑口外50米的地上，都死了。

事故发生后，宪兵将坑道周围的铁丝网通上电，锁上大门，禁止家属和其他矿工靠近坑口，也不许坑道里的人上来。扑灭大火，初步清点后，4 个坑口旁边堆满了矿工的死尸。这次事故遇难的八成是当地居民和‘特殊工人’。当时日本人隐瞒事故真相，在遇难者石碑上，只刻了 1 300 人的姓名。但我想实际上死了 3 000～4 000 人。1945 年后，为恢复生产清查坑道时，坑道中还挖出 20 多车累累白骨，怎么能说只死了 1 300 人呢？4 个坑口旁的斜坡上，用石头围成巨大的墓地，挖出来的矿工的尸骨没有入殓，直接被车卸到坑里，埋上土，形成一座丘。埋不下的尸骨都被扔入了太平沟。

除瓦斯爆炸当场死亡以外，很多矿工是因伤病而死的。一想到这些，我就对日本帝国主义愤恨不已。”

1942 年 5 月 2 日《朝日新闻》报道：“大东亚战争低磷铁供给地的本溪湖煤铁公司煤矿部柳塘坑上月 26 日下午 2 时发生爆炸事故，受灾极其轻微，重要部门未受影响，发生事故的坑道已于上月 30 日恢复生产，目前正在全力抢救伤者。满洲国政府本月 1 日报道如下：受灾轻微，恢复工作进展顺利，生产部门未受影响。”报道还称，伪满洲国皇帝给罹难者赐下抚恤金。罹难者姓名尚未搞清，事件细节就被封锁了。据说此次伤害程度在当时是世界第二严重，但作为军事机密，限制公开发表。日方记录显示，遇难者总数为 1 692 人，其中日本人 32 人。也有记录称，如此规模的矿难，此次恢复生产的速度却是世界第一。调查结果还显示，停电致使电气操作失误，引起粉尘爆炸，并导致工人一氧化碳中毒。

在生产第一的背景下，技术人员如果被问责将影响生产，结果只是炭业部的责任人被追责了，并将事故原因归咎为华北“特殊工人”蓄意切断电线。当时负责从华北征募工人（约 2 000 人）的负责人受到调职处分，事件没有得到进一步追究，就此告一段落。日本竟然将事故原因归咎于“特殊工人”，然而他们会不顾工友死活吗？日方缺少劳动力，而劳役抗日情绪高涨的“特殊工人”又非常棘手，他们对待矿工的剥削手段愈发残酷了。

新闻上事故处理迅速，受到不少好评，却没有对受害者补偿的记录，有人质疑说“是不是根本没有补偿啊？”日方辩解说“是把头将劳工从华北各地征集来的，因此把补偿金给把头了，交给把头处理了。”但对此却没有确切记录。

通过前面的证词我们知道，劳工劳动近乎是无偿的，而且死亡人数尚未确定，把处理责任推托给征集劳工的把头，这事本身也很蹊跷。

1942 年 7 月，从石家庄劳工教习所送到本溪柳塘煤矿 300 余名“特殊工人”，其中有一人曾在石家庄集中营成立党支部并组织活动，名叫王泊生。在其他同志的掩护下，他没有暴露身份。柳塘位于太子河南岸，地形起伏多变，柳塘的大斜矿坑位于崖上，周围是通电铁丝网，里面有20间劳工宿舍，外面是拿着棍子巡逻的流动哨。进出时，看守要在坑口清点人数，工人去厕所也要一丝不挂，看守要是见工人穿着内裤，上来就是一顿毒打。可以说，被电网围在里面的“特殊工人”毫无自由。

王泊生来到此处，与各地党委书记、八路军干部秘密成立了党小组，制定了战斗任务：1. 组织暴动，与关内和长白山地区的抗日武装联手；2. 团结特殊工人，帮助伤病弱者；3. 反对迫害、虐待，争取改善合理待遇，改善生活条件。可惜，在那样艰难的时期，不能事事如愿，有的人失去了希望，丧失了斗志，放弃了斗争，甚至有人试图自杀。小组成员坚持秘密集会，相互鼓励，继续战斗，直到日本战败。

“日本鬼子垮台了！”

“日本鬼子跑了，煤矿是我们的了，让我们来保卫它！”

他们从监狱里被放出来，重获自由，又召集大家开会。

“黑夜终于过去了。这么多年，我们在暗无天日的坑道里，流血流泪，没有人畏惧苦难。我们失去了很多战友，今天，他们终于能闭眼了。可是，国民党中央军、汉奸、把头、伪警察也出来活动了，反人民集团在抬头。现在，我们必须站出来。我们忍受那么多苦难，就是为了今天。”“比起报复日本人，我们更应着眼于守护自己的明天。”

“我们的苦不能白受，小鬼子跑了，我们要大干一场。”大家高喊着“煤矿是我们的，我们自己保卫！”“我们要做好战斗准备，武装起来。”迅速行动，缴了铁路警察、日本守备队、本溪湖煤铁公司 1 000 多支枪。

1945 年 9 月 8 日，冀热辽军区第 16 军分区司令官曾克林在沈阳会见了代表陶守崇等人，将部队命名为“本溪工人纠察大队”。茨沟、柳塘的特殊工人团结到一起，开始活动。9 月 18 日，抗日战争胜利后的首个纪念日上，“本溪工人纠察大队”举行了盛大的纪念大会。会场上宣布，“本溪工人纠察大队”正式改编为“冀热辽军第 16 军分区 21 旅 62 团”。我们终于回到了亲爱的母亲的怀抱。10 月下旬，国民党军大举进犯东北，八路军撤出沈阳。62 团成立后，总数达3 600人，随时准备投入战斗。在日本侵略者的枪剑下不曾屈服的勇士们，带着对敌人的怒火，在充满硝烟的战场上，立下无数军功。

吉林省榆树街头访劳工（高晓燕　提供）

第五章　反对侵略维护和平座谈会

1995 年 7 月，哈尔滨召开了“反侵略维护和平座谈会”。参加团体有，中方：黑龙江省人民对外友好协会、黑龙江省社会科学院、侵华日军第七三一部队罪证陈列馆、受害者、研究者等。日方：中日问题研究者（主要以七三一问题为主）、原侵华日军士兵、“七三一部队展”全国实行委员会相关人员等。中日两国各 100 人参加。

一、参加座谈会始末

1．七三一部队展。

1981 年，森村诚一所著的《恶魔的饱食》一书出版，成为空前的畅销书。1989年，新宿户山日本陆军军医学校遗址发现多具白骨。白骨形态异常，其与日军“七三一部队”的关联引发关注。1991年8月，“军医学校遗址发现人骨问题研究会”调查团访问北京抗日战争纪念馆，提议在日本举办“七三一部队展”。1991年12月，“声援教科书诉讼全国联络会”“中国归还者联络会”“人骨究明会”三会协商一致，决定在日本举办“七三一部队展”。首先，我们与中国抗日战争纪念馆进行了非正式沟通。中方代表与日本实行委员会签署约定：展览由中日共同在日本举办，展品由双方联合提供。双方同时表示，希望通过此次活动加深两国人民友好交往，为世界和平做出贡献。1992年2月，各团体代表齐聚一堂，开始筹备“七三一部队展”。28日，“七三一部队展”筹备委员会成立展品制作、宣传、组织、财政四个小组，进行了具体分工，事务局的四个小组全身心地投入到了活动中。

同年7月11日，“七三一部队展全国实行委员会”成立，确定了展会的大致日期、整体预算、展示预期。选举森川金寿（实行委员会代表律师）、常石敬一（神奈川大学教授、人骨研究会代表）、富永正三（中国归还者联合会代表）、松谷美代子（儿童文学家）为日方代表，选举渡边登为事务局长。1993年7月，在中方的声援与协助下，“七三一部队展”发展为日本国民运动。

在小平市举办七三一部队展

1993年7月，“七三一部队展”在新宿举办了首展，并扩展至全国。原七三一部队成员、原侵华日军士兵等相关人士现身讲述亲身经历，在各地举办讲演。中国受害者遗属敬兰芝（牡丹江事件受害者遗属）、靖福和（原平房区鼠疫受害者）、“七三一部队罪证陈列馆”韩晓先生（早期研究者）等也参加了讲演。此展共举办63场，约30万人参加，其规模在战后展中是空前的。

在空前高涨的“七三一部队展”中，应渡边先生的盛情邀请，我参加了“七三一部队展”的筹备工作。但我自身对七三一部队有多少了解呢？《恶魔的饱食》描写的受害者让我联想到战友。这本书对我冲击很大，促使我走访黑龙江（前章已述），但我对七三一部队的认识还只是停留在表面。

在日本筹备日军毒气战展览（高晓燕　提供）

为了搞好展览，经韩晓先生介绍，我参观了侵华日军第七三一部队罪证遗址，并结识了敬兰芝女士。我也摆脱了书本，切切实实认识了“侵略”。

我随韩晓先生走访各地。当得知我是日本人时，受访者明显起了敌意。可是，当得知我曾是解放军的一员后，他们原本板着的脸又露出了亲切的笑容。在他们心中，我不再是日本鬼子，而是解放军战士，是可以倾诉心声的“一家人”了。我深知这是来自各位解放军先辈的恩惠，他们守护了我，并让我在此时享受到了一家人的待遇。若非如此，我的认识侵略战争之旅势必困难重重。随着我的考察深入，我对“日本鬼子”愈发愤怒，并为身为日本人感到说不出的羞耻。我在这难得的温暖的环境中，继续着中国之行。

华北之行。我和渡边先生（原日本共产党党员）走访原解放区华北途中，他跟我谈起日本各地共产党活动的艰难。不单单是环境不同，而是日本人心中根深蒂固的对天皇的崇拜。日本人活在世上，首先要承认天皇的存在。而我对天皇没有任何感情，战败后，父亲一把火烧了神龛里的天皇像，那时，我对这一举动的意义并不很理解。很多日本农民将地主奉为“主人”，将收成的大半上缴，被迫一生耕种主人的土地，勉强糊口，只知道服从，根本不存在“自我”。可是，世代靠土地为生的他们来到中国后，为何就开始夺取中国农民的土地，榨取中国农民了呢？“白毛女”也要战斗（南下途中，我们看了这部影片）。我必须认清日本！认清日本的侵略！

天皇作为日本的最高统帅，发动了对亚洲多国的侵略战争，使很多日本国民成为杀人犯，为何日本国民要臣服于天皇呢？我甚至都不了解日本。我意外地发现，有很多关于日本农民的旧书，尘封在图书馆、旧书店。

战争时期，接到征兵令的农民，不忍抛下卧床的父母、年幼的孩子，向村政府递上自己的死亡证明，藏起来看护父母，保护孩子，直到战败。村民看在眼里，但没有人去告发。这件事发生在人迹罕至的穷山辟野，我知道这件事后有些莫名地兴奋，却又不知道为什么。

我想起了中国的战友。大家和我一样，都没上过学。但是，他们在战斗。“七三一部队展”的策划者、观众都想进一步了解森村诚一书中所描写的事实，他们都怀揣着各种疑问。

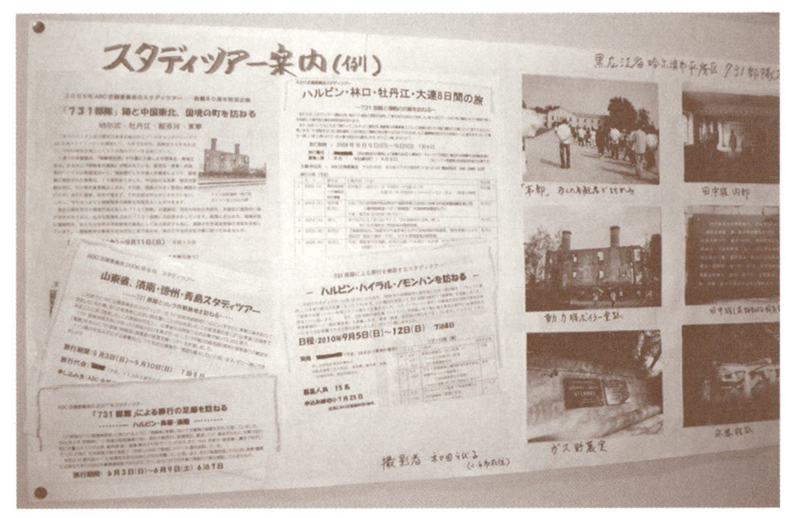

七三一部队展，介绍中国考察，展示考察报告、照片

展览出现了一些波折。“七三一部队展”引起各方关注，备受期待，会场竟一时容纳不下前来的参观者。可是，却并非一帆风顺。这或许只是对畅销书的兴趣，会场周围十分嘈杂，有宣传车高嚷：“这是对战争亲历者的中伤，我们是为了国家，用生命在战斗，展出内容毫无根据”。而另一方面，也有认真提问的孩子们，以及边流泪边观看展板的人们。在毁誉参半中，“七三一部队展”扩展到全国。韩晓先生、敬兰芝女士在各地的讲演引发了广泛讨论。人们开始认识到：“他们说的是事实。”在思考“那场战争到底意味着什么呢?”

展览中的中流砥柱——教师们挺身而出，他们反对“日之丸”“君之代”（赞美天皇的国旗国歌法）。他们指出，国民被迫参加侵略战争，成为杀人恶魔，而日本对这段历史、天皇制毫不反省。日本著名历史学家、东京教育大学教授家永三郎先生表示“身为教育工作者，我们要深刻反省过去将学生送上战场这一行为”，有良知的教师都应采取行动。可是，东京都教育委员会（简称：都教委）以“拥护尊重宪法的义务”（宪法第一章第一条—第八条）为由，强迫教师改变思想，甚至以降薪、调职、辞退对教师进行威胁。这一现象至今没有发生变化，甚或说更严重了。反对东京都政策方针的教师被迫参加“防止工作再次出现问题研修”，进行思想改造。

七三一部队展，小平市的公民馆

七三一部队展 20 周年纪念集会海报

东京都教育委员会是如何解读日本国宪法序言“兹宣布主权属于国民，并制定本宪法。国政源于国民的严肃信托，其权威来自国民……”的呢？宪法第十九条明确记有“思想及意志的自由，不受侵犯”。1999 年 8 月 9 日，日本国会通过了“国旗国歌法案”，“日之丸”“君之代”被确定为国旗、国歌。教师们对这种强制儿童、学生的行为表示抗议。可是，政府称都教委的做法并非强制。2000 年后，最高法院小法庭 3 次判决东京都不违反“宪法十九条”。现在，起立合唱“君之代”成为规定，如违反则视为“不称职教员”，将受到降薪、解雇处分。2015 年 7 月，都教委视察违反规定的学校，强迫其教师服从规定。且不说 70 年前的战争时期，就是现在，日本国民也没有“思想及意志的自由”。这就是 70 年后的今天我所见到的首都东京的现状。

教师们在升国旗“日之丸”奏国歌“君之代”时不起立合唱，实际上是为了追究天皇的战争责任，教育下一代拥有正确的历史观，并宣誓不再重蹈覆辙。

70 年前的那天，当我们听到广播宣布战败时，大家都猜测说天皇可能会退位，可是占领军认为天皇制有其价值而保留了天皇。自那以后，天皇的地位依旧，和战前没有任何变化。战后 70 年，天皇现在还高高在上，并成为“国旗国歌法案”所尊崇的对象。（在其后的园游会上，天皇发表声明“不要强制”，对那场战争不负任何责任的天皇的发言，听起来只让人感到滑稽。）

东京都教育委员会解释说，“君之代”“日之丸”已在全国范围被使用，并被用于各种国际场合。可是，战争受害国能够接受吗？作为首都东京领导教育的教育委员会，难道不觉得难为情吗？最近有报道称“国旗国歌法案”也适用于国立大学。学府不是国家政权的私有财产，而是传播知识，研究学问的地方。国立大学是靠国民纳税支撑的，而不是某一个政党的。政府称这并非强制，可是，我看得出，仰政府鼻息的各媒体又明显在做政府的代言人。

记得小时候，糖很稀缺，孩子能吃到一块糖都不容易。“听话，不听话不给糖吃！”大人这样吓唬孩子说。所以，东京都竟似吓唬三四岁小孩儿一样威胁教师“违抗国家的方针不给工资”。这就是领导教育工作者的官员的想法吗？前些天（译者注：2015年3月16日），年轻的女议员竟在国会上重提“八纮一宇”，这是当时日军宣扬大东亚战争正当性的用语，“八纮”语出中国古籍《列子·汤问》，意为“天下一家”。然而，持这样想法的人却并未被要求反省。即使对历史不做深层探究，为政者可以对那场战争如此漠不关心吗？其他议员听到如此言论却并不给予严厉批判，议会草草收场。我们在震惊之余不禁对这种教育感到愤慨。升国旗“日之丸”奏国歌“君之代”时要起立合唱，这是否是政府的正式命令？这若是国家方针，我们就要警惕这是否是迈向再次侵略的第一步。

运动场上使用“国旗、国歌”与贯彻历史教育不能混为一谈。在“为了天皇”“直至胜利”等口号下，我们被迫冒死参加侵略战争，使无辜的他国人民陷入痛苦的深渊，那段岁月无法忘记。

亚洲各地的老人讲，“一看到‘日之丸’，就想起过去的战争，心里就冒寒气。”我时常想，什么时候他们谈起过去时会露出释然的神情呢？

1998 年，我认识一位女教师。她因在毕业式、入学式都不起立合唱“君之代”而被迫调职。她离开原单位那天，在校门口跟孩子们话别的场面让她至今都记忆犹新。“老师，加油！”稚嫩的声音渐渐消失在校园。她当时激动地说：“学生被迫参加侵略战争，杀害邻国无辜的人，即使不做教师，也不会容忍这样的事再发生。服从命令上战场而丢掉性命，是为了国家利益吗？让每个孩子都能按照自己的意愿生活，这才是教师的职责。”

可是，奋斗在教育第一线的她未能如愿。用工资来胁迫教师言行不一，这算是什么教育呢？“不听话不给糖吃（降薪）”，这样的压制将出现什么样的教育结果呢？我不敢想。

我们这些经历过战争的人永远忘不了那场惨剧。应天皇征召踏上死亡之旅的孩子们，他们的父母是怀着怎样的心情为他们送别的呢？我们甚至都没有怀疑过参加战争的命令，只是拭去眼泪，强迫自己相信，战死是光荣的，为什么？但愿下一代年轻人，有行动自由、思想自由。让宝贵的生命不留遗憾。

2. 点滴回想。

参加此次“反侵略维护和平”会议的团体众多，大家初次见面时，气氛不免有些凝重。印象颇为深刻的是，为毒气受害者检查伤口忙前忙后的小川武满医生的身影，让人感动。是的，为了抚慰受害者的伤痛，我们有很多事情要做，可是，让我不安的是，我们却一直呆立着。

大连黑石礁事件受害者遗属，王耀轩烈士次子王亦兵在会场上遇到原宪兵三尾丰，他们强有力的握手，让我们当场不禁流下眼泪。

回想当年，贫苦农民王耀轩离开河北老家到大都会哈尔滨兴办企业，并将自己兢兢业业用汗的结晶构筑起来的全部家产奉献给了抗日事业，而他自己却成为侵略者的“猎物”被送到了侵华日军第七三一部队。失去顶梁柱的一家人是何等的悲痛，令人难以想象。

三尾丰为自己曾身为宪兵感到羞耻，在道歉与苦恼中结束了自己的后半生。在会场上，他拉紧受害者遗属的手，向他们诚挚道歉，希望这能或多或少安慰他们，三尾丰就此踏上了道歉之路。然而，究竟是什么使他走上这条人生之路？我无声地注视着三尾丰。

我们应当负起战争责任。可是，对受害者遗属来说，我们个人的道歉能有多大效用呢，能治愈他们的痛楚吗？只要勇于担当，共同和平发展，明天，世界或将不再被战争阴云笼罩。

开会前，在当年侵华日军第七三一部队做劳工的小乔，与当

与三尾先生（左一）在一起（高晓燕　提供）

年很亲的铃木进夫妇欣喜重逢。“小乔!”铃木夫人感怀地伸出手，打断了我们的思绪，她对一旁的我们说“他特别乖，特别可爱！当年我们常接济他衣服食物!”这也许是残酷的苦役中仅存的善意吧？突然，小乔转开目光，说了句“那个时候，无论多不情愿，都无法违抗统治者。”可以想象，当时不得不屈从在殖民地统治者铁蹄下的少年的生活现实是何等残酷。

3. 侵华日军第七三一部队罪证陈列馆新馆建设计划。

会上，时任黑龙江省哈尔滨市平房区“侵华日军第七三一部队罪证陈列馆”馆长韩晓先生提议，为中日两国下一代的年轻人提供一个场所，让他们相互交流，共同学习。保存遗址旨在让后人能够在遗址中学习历史。韩晓先生的这个理念燃起了我们新的梦想，那就是我们不应只是封存恶魔，而应将其变为教学第一线，并妥善保存。韩晓先生年轻时住在陈列馆总部改成的宿舍里，自那时起，他开始潜心研究有关侵华日军第七三一部队罪证的一系列相关问题。

当即，我们提议建设“新馆”，在日本设立“侵华日军第七三一部队罪证陈列馆新馆建设遗址保存基金”，并以七三一部队展实行委员会基金运营委员会名义开始募集资金。我们在募集资金的同时，还将在日本出版的相关书籍寄赠给中方。三岛事务局长对我们这段时间的活动给予了很高评价，并捐赠仓石奖金 60 万日元，作为我们购买图书的资金。

1995 年 8 月，新馆开放。建筑物虽不算高大，却寄托着我们的理想。为实现理想，我们具体还要做些什么呢？要讨论的问题堆积如山。在日本招募有兴趣的学生，培养中日两国的年轻研究者，将此馆作为反省历史与倡导和平的阵地……我们的梦想越来越大。新馆的建成延续了我们的梦想。

日本政客顽固地不承认侵略历史，遗迹亦在日益风化。日本必须反省，日本政府必须道歉。我们建设“新馆”，是为了教育肩负中日未来的学生，铭记历史，和平、友好是弥足珍贵的。可是，我们要走的路还很远。

现在的日本国会议员中没有人参观过这个遗址。现政府却在朝着“可以战争的普通国家”的目标前进。

战后 70 年，回想起当时的战争，我仍不寒而栗。曾经作为

参观哈尔滨侵华日军七三一部队罪证陈列馆（高晓燕 提供）

殖民地的伪满洲国的人民的境遇不堪回想。大言不惭地否认侵略事实的人占据着内阁重要位置，企图逆历史潮流而动。新闻媒体不应仰政府鼻息，向国民隐瞒真相。

“下次！我们要学习‘立即停止内战’的精神。”日方代表渡边登在座谈会闭幕式上引用毛泽东主席的话，倡议大家要团结。

我们都是些小团体，各自的目标并不一致。的确，我们取得了在日本全国举办“侵华日军第七三一部队罪证图文展”的成果。可是，在会场初次见面的很多人，甚至日本人之间，都没有开诚布公地进行过交流。更有甚者，有半数人将此视为中国旅行。而对于团体旅行，我们又能期待什么呢？此次座谈会的意义，恐怕并未被彻底理解。很明显，当时日方的准备是不足的。

不过，随着座谈会的进行，彼此间的隔阂却又的的确确消除了。这是令当时在场的我稍感欣慰的。

与会代表发言讨论，对眼前的敌人应如何对待。可是，我们连眼前的敌人都未彻底认清。谁是眼前的敌人呢？是不承认侵略事实，试图隐瞒真相的人，是极力将真相移出人民视线的人。对战后 70 年里表面上的伪和平感到习惯满足的不正是我们自己吗？虽然当今世界仍然纷争不断，但大多数地区是和平的。日本人也认为和平终于到来了，满足了。而对于过去血淋淋的历史，对于恣意篡改历史的野心勃勃的政治家，很多民众却漠不关心，不影响自己的小生活就好。包括我自己，难道没有满足于现状吗？我们组织者本身都没能达成统一意见。我想到此痛彻心扉。

而另一方面，我们周围有风起云涌的民众运动，民众真正成长了，热爱和平的势力壮大了。既未批判也未反省历史，在这样的环境下富裕起来的社会，是不会有长久发展的。对“敌人”的分析，我们各自在会上也难以达成共识。经历过战争的人越来越少了。会后 20 年的今天，现实让我感到不安，应如何认识现实，如何面向明天呢？我深信不疑的是必须加强反击反动势力的能力，在目前的状况下，中日双方更应再次促膝长谈。

4. 关于 1995 年“村山谈话”。

“村山谈话”有这样的表述：

“正当战后 50 周年之际，我们应该铭记在心的是回顾过去，从中汲取历史教训，展望未来，不要走错人类社会和平繁荣的道路。

我国在不久前的一段时期，国策发生错误，走上了战争的道路，使国民陷入生死存亡的危机，殖民统治和侵略给许多国家，特别是亚洲各国人民带来了巨大的伤害和痛苦。（自民党统一地方选举公约删除了村山谈话最重要的部分即下划线部分）。为了避免以后发生错误，毫无疑问我们应谦虚地接受历史事实，并再次表示深刻的反省和由衷的歉意。同时向在这段历史中受到灾难的所有国内外人士表示沉痛的哀悼。

战败后 50 周年的今天，我国应该立足对过去的深刻反省，排除自以为是的国家主义，作为负责任的国际社会成员促进国际和谐，推广和平的理念和民主主义。与此同时，非常重要的是，我国作为经历过原子弹轰炸的唯一国家，包括追求彻底销毁核武器以及加强核不扩散体制等在内，要积极推进国际裁军。我相信只有这样才能偿还过去的错误，也能安慰遇难者的灵魂。古话说：‘杖莫如信’。在这值得纪念的时刻，我谨向国内外表明下一句作为我的誓言：信义就是我施政的根本。”

村山政权下的执政党自民党，为反省侵略战争打下了重要基础。

5. 对“不战决议”的反扑。

“反侵略维护和平座谈会”这一对和平充满期望的中日联合

集会在空前高涨的热情中落幕了。可是，20 年以来，我们面对的现实却愈发严峻了。

战后 50 年，时任首相村山发表的谈话，向国内外表明了自己的决心与前进的方向。可是，联合政府中的自民党议员，发起了试图阻止“对侵略战争进行反省与道歉的决议”的运动。

此次运动由村山前任羽田内阁（自民党为在野党）时期成立的“终战 50 周年国民运动实行委员会”酝酿，会长为联合国大使加濑俊一，核心成员有作曲家黛敏郎（守卫日本国民会议）、福田赳夫（原首相），主要加盟团体有新日本协议会、守卫日本国民会议、日本遗属会、告慰英灵会、神社本厅、明治神宫、靖国神社、不二歌道会、全国战友会联合会、神道政治联盟、修正教科书亲子会等 30 个团体。该会提出：在全国开展请愿署名运动，反对对我国的战争行为进行单方面定罪的“反省与道歉国会决议”，并提交国会例会。该委员会印发的宣传册“道歉决议的诸多问题点”在此简列如下：

“我国发动大东亚战争，并非为了侵略他国领土，而是为了救亡图存、自尊自卫，历史也证明了这点。

国际社会不存在将国家的战争行为定义为犯罪的国际法。从未有过将自己国家发起的战争定义为侵略战争而道歉的国家。

将我国发起的战争断定为侵略战争，很明显，将影响我们的子孙后代，损害国家名誉，并且是冒渎为国家献出宝贵生命的英灵及其遗属感情的行为。按照国际常识，道歉则连带有赔偿责任，如果道歉，相关各国将无休止地索求赔偿，国家利益将招致巨大损害。

国家道歉，还将导致他国就我国历史教育问题干涉我国内政，并将教授肩负着日本未来的孩子们错误的历史。孩子们将不会为自己的祖国感到骄傲，将无法自信地活跃在世界舞台，将无法为国际社会做出贡献。”

“终战50周年国民运动实行委员会”的主要团体于1994年6月召集“南京大屠杀是事实吗？解明真相、谴责道歉外交”的国民集会，抗议撤换宣称“南京大屠杀为捏造”的永野茂门（新生党）法务相，并发表决议反对“为侵略战争反省道歉国会决议”：

“我国采取的对外行动，是为应对苏俄赤化亚洲的威胁，应对中国执拗的过激的抗日运动，这是一段苦苦探索自尊自卫办法的历史。这不能单方面定义为侵略战争。当年我国为和平解决日美间分歧，已做出最大让步，可是美国发出最后通牒，强迫我国全面屈服，无奈之下，我国才不得已发动大东亚战争。

在战争中，日本宣布了将亚洲各民族从殖民地统治中解放出来，获得独立的理想，受此激励，各民族独立运动风起云涌，并在战后实现了这一目标。看不清历史真相，历史观毫无主见，为外国蓄意宣传所惑，而将之断定为侵略历史，为政者要十分警惕这一倾向。守护国家的名誉、国民的骄傲，是与守护国民的生活、和平与幸福同等重要的，这也是政府最大的责任与义务。”

然而，羽田首相唯恐永野发言会招致中国抗议，迫使其撤回发言，在我看来，他们的发言和举动实在是可笑，令人深感遗憾。谁都明白，日本军国主义发动的那场战争使中国民众遭受了深重灾难，南京大屠杀更是日本军国主义犯下的严重罪行之一。

我们 1993 年开始致力于生化武器问题，随着科技的进步，有关生化武器带来的伤害之大也为更多的人所关注，很多受害者甚至一生都无法治愈。战争到底给我们留下了什么？想到此，我内心的愤怒、憎恨、悲痛无法自已。70 年前的战后处理尚未完成，不知什么时候还将出现遗弃弹受害者。让人气愤的是，加害者却对此没有丝毫责任感。我们要大声疾呼“现代化武器的毒害将威胁到人类存亡。”

20 年前的那次中日联合集会，大家都没有经验。“能成功的话最好了，能成吗？”“无论如何，我们必须试试”。也许是有着共同的心声，我们得到了黑龙江省人民对外友好协会的大力支持和细心指导。再加上黑龙江省社会科学院的有力组织与协助，政府、民间联合起来，我们对未来充满了期待。

这里特别要提的是，为响应号召不远万里来参会的100多名受害证人、年轻的研究者们所持有的期待与信念，让此前毫无反战经验的我们充满了斗志和动力，今后我们要共同战斗。

之前，在复杂多变的右倾化政治气氛中，我们在日本感到某种深深的孤立感。现在，当我再次回顾1995年那场座谈会，作为当时大会组织者的一员，我认为对这20年进行总结与检讨，是有必要且有意义的。因为我坚信明天的和平须由我们创造。

二、曾被寄予厚望的审判

众所周知，侵华日军第七三一部队在明知违反国际法的情况下，还在中国东北哈尔滨平房建立细菌研究基地，将抗日战士用于人体实验，制造细菌武器等，这是谁都无法否认的事实。我们还应该知道，其制造出来的细菌武器被投放到华北等地，夺去了无数中国人民的生命。

1.“细菌战”损害赔偿请求审判。

浙江、湖南一带的180名细菌战受害者将日本政府告上法庭，要求道歉并赔偿，日本政府对细菌战事实概不承认。可是，在证据调查阶段，细菌战便已被证明是事实。2002年8月27日，东京地方法院对“七三一部队细菌战审判”进行了宣判。判决中承认日军进行了细菌战。可即便如此，法院最终还是驳回了原告的道歉与赔偿要求。

1940 年以后，中国部分地区鼠疫、霍乱流行，其情形极不自然，疑似人为原因，即由日军细菌战引发而来。有如下 8 个受灾地区：

（1）浙江衢县（今衢州市）。疫情发生于 1940 年 10 月，由飞机实施细菌战。死亡人数在 2 000 人以上，很多死者、患者家属也因防疫需要被强制隔离，甚至房屋也被烧毁。

（2）浙江宁波。疫情发生于 1940 年 10 月，日军使用飞机实施细菌战。1940 年 11 月至 12 月间，死者升至 109 名。疫情流行地区的房屋被烧毁，该地区的患者家属、居民失去房屋、店铺，流落街头。

（3）湖南常德。疫情发生于 1942 年 3 月，常德农村地区河洑镇等约 50 个村疫情蔓延。1941 年 11 月至 1945 年 11 月间，常德市细菌战死者总数至少 6 491 名。8 名原告感染鼠疫，后死里逃生。疫情长期流行导致患者家属、居民生活在恐惧之中。

（4）浙江江山。疫情发生于 1942 年 8 月，日军通过地面作战实施细菌战。死者至少 100 名。2 名原告感染霍乱，后死里逃生。患者家属、居民吃饭喝水都生怕被感染。

（5）浙江义乌。疫情发生于衢县流行的鼠疫蔓延至义乌，并于1941年10月大规模爆发。1941年9月至1942年3月间，市区内细菌战死者达230名，鼠疫流行地区的很多死者、患者家属及居民抛家舍业，开始逃亡。该地区封锁后，被困者被恐惧所包围。

（6）浙江东阳。义乌流行鼠疫蔓延至此，1941年10月大规模爆发。1941年10月至1942年4月间，至少113人死亡。很多居民在该地区遭封锁后被困此处，长期被恐惧所包围。

（7）浙江义乌的崇山村。义乌流行鼠疫蔓延至此，1942年10月大规模爆发。至1942年12月，死者达396人，村子里约半数房屋被日军烧毁，一部分患者成为日军人体解剖的实验品。

（8）浙江义乌的塔下洲。义乌的崇山村流行鼠疫蔓延至此，1942年12月大规模爆发。1942年10月至1943年1月间，死者达103名。鼠疫流行地区很多死者、患者家属及居民抛家舍业，四处流亡。生活遭到严重破坏。

至今坐落于哈尔滨平房的侵华日军第七三一部队遗址证实了其是日军细菌战的大本营，不仅制造了大量细菌，在1932年伪满洲国成立时，还打着防疫给水的招牌，秘密开发细菌武器，企图用于战争。随着战线扩大，兵力消耗，战备物资愈发匮乏，廉价的细菌武器受到关注。当时的哈尔滨近郊平房居民被日军强制驱逐，建立特别军事区，研制杀伤力很高的“鼠疫感染蚤”的散布方法。

最初，关东军将苏联视为主要目标，将细菌战部队（东乡部队、关东军防疫部）设置在距苏联最近的东北。在 1939 年 5 月诺门罕战役中，日军将细菌投入哈拉哈河。

日军加紧研究细菌战，在部队之外，还成立了一八五五部队（华北）、一六四四部队（南京）、八六零四部队（广州）、并于 1942 年成立九四二零部队（新加坡），部队规模迅速扩张，秘密联络，在中国各地实施细菌战。

1940 年，陆军中央部根据“大陆命”（天皇命令），发布陆军参谋总长“大陆指第 690 号”，开始有计划地实施细菌战。

同年 6 月 5 日，日军将细菌战的攻击目标定为浙江省主要城市。实施部队直属于派遣军总司令部，部队负责人为关东军防疫部长石井四郎，作战方法为飞机播撒菌液、投放鼠疫感染蚤。

7 月 25 日，关东军发布“关作命丙第 659 号”，为在浙江省实施细菌战，给由七三一部队成员临时编成的“奈良部队”加派人员、器材。器材于 8 月 6 日到达前线基地浙江杭州，两天后，一六四四部队协同七三一部队集结 120 人。

9 月 18 日，他们在浙江省开始实施细菌战，至 10 月 7 日，共实施霍乱、伤寒、鼠疫菌共 6 次细菌攻击。并于 10 月下旬在宁波，11 月末在金华投下鼠疫菌。恶行导致衢县和宁波爆发大规模鼠疫疫情。

11 月 25 日，陆军参谋总长杉本元发布“大陆指第 781 号”，支那派遣军和关东军在 11 月末结束作战。

上述资料证实了中方的指控是有据可查的。基于这次经验，1941 年 9 月 16 日，为切断国民党军交通要道，“大陆指”命令对湖南省西部战略要地常德实施细菌战。此次作战以七三一部队和一六四四部队为主，总兵力约 100 人。

11 月 4 日 6 时 50 分，日军在常德上空投下混有鼠疫感染蚤的棉花、谷物 36 千克。11 月 12 日，发现首例鼠疫患者，1942 年，常德市区、农村地区及附近的桃源县爆发鼠疫。日军通过收集情报判断此次攻击成功，对空中投放鼠疫蚤更为自信。

1942 年 4 月 18 日，美军轰炸机开始对日本本土实施空袭。美军空军基地当时位于中国浙江省，因此，同月 30 日，大本营紧急发布“大陆命”第 621 号命令，决定攻击浙江省至江西省铁道沿线各城市，破坏飞机场。陆军中央和石井四郎（时任少将），决定此次作战采用细菌攻击，由石井任阵前指挥。

7 月，七三一部队和一六四四部队集结 150 余人，配合日军第 13 军完成了破坏飞机场的预期目标。同月中旬，日军开始撤离部分占领地区，同时，采取各种方法在地面散播细菌。其目的是使日军撤退后归来的中国部队在行军途中、据点城市感染传染病。鼠疫感染蚤及被注有鼠疫菌的野老鼠被投放到江西省上饶（广信）、玉山，该省广丰也被投放了鼠疫蚤。日军在玉山还尝试了撒播附有鼠疫干燥菌的大米，使吃了该大米的老鼠感染。在浙江省衢县、丽水，除了鼠疫感染蚤，他们还散播伤寒沙门氏菌及副伤寒沙门氏菌，更将霍乱菌直接投入该省常山、江山的井里，擦到食物上，注射到水果里。有计划的散播导致霍乱、鼠疫等传染病患者大量出现。

1943 年，自瓜达尔卡纳尔岛撤退后，日军在太平洋战场呈现败势。在中国战场，日军放弃征服中国的目标，改为以防守占领区为作战目标。日本细菌战部队加大力度培养鼠疫感染蚤和老鼠数量，并拟在中国以外的缅甸、印度、新几内亚、澳大利亚等地实施细菌攻击。

同年 9 月，日军“第 59 师团防疫给水班”在中国山东省西部散布霍乱菌。

1944 年，日军完全失去太平洋战场的制海权、制空权，太平洋上的据点接连丢失。最后，为夺回陷落的塞班岛，实施了细菌攻击战略。

大规模杀伤性细菌武器的残虐将导致大量普通居民等非战斗人员遭到屠杀，因此，根据国际人道法，细菌武器禁止用于国家间战争。以 1925 年的日内瓦协议为首，国际法禁止使用细菌武器。可是七三一部队等却对明显既非军事据点，又非军事目标的中国普通地方城市、农村实施细菌战，大量无辜的中国民众被屠杀。日本细菌部队实施的细菌战的残虐，与纳粹奥斯威辛集中营的残虐相比，有之过而无不及。这是赤裸裸的大屠杀。

在此还须介绍一下 1945 年 8 月 15 日前后的情况。

波茨坦公告生效后，8 月 10 日，日本通过国家命令开始实施毁灭证据的工作。

①日本内阁决定立即烧毁文件。陆军大本营向实施细菌战的核心——驻哈尔滨平房的七三一部队发布军令，将其设施、设备、物资、文件全部烧为灰烬。400 余名被逮捕用于细菌实验的"马路大" 全部被杀，尸骨被焚烧后投入松花江。这是彻头彻尾的毁尸灭迹。

②向美国移交相关资料。1945 年 8 月至 1952 年，美军占领日本期间，日本政府和细菌战相关人员将细菌武器研究的物资、资料移交美国，从而免于被起诉。至 1952 年，旧金山和约生效。美国结束对日本占领。可是，时至今日，隐匿的文件还未公开。

③对相关人员的封口令。日军撤退时，即对相关人员发布了严格的封口令。日本军人战败回国后，还能受到军人的待遇。但这不包括七三一部队的士兵。七三一部队部队长石井四郎给士兵下达的命令是" 七三一的秘密要带到坟墓里"，所以要求七三一部队士兵回国后不许任公职。其中大多数人就是执行了上级命令，回国后绝不从事公职，就此成为隐姓埋名的普通人。

而且细菌武器在开发过程中不可避免地要进行残忍的活体实验。从七三一部队活体实验过程可以很容易推测出来。（每种细

菌武器的研制通常需使用200到400名俘虏进行实验）

七三一部队使用的细菌武器是致死性很高的鼠疫菌、霍乱菌。此类细菌引起的疾病非常严重且持续时间长。一个家庭，一个地区死亡大半的案例不在少数。其受害特征在于无差别性和高致死率。

事实和真相是无法掩盖的，我们有责任将其追究到底，还无辜者公道。

（1）关于国际法

法庭：不承认海牙陆战条约第三条的个人请求权。并坚持国内法的“国家无答责”法理。即天皇至上的明治宪法原则：因国家权力受到损害者，不能要求国家赔偿。

辩护团：此理论彻头彻尾地违反公平正义理念，是旧体制下的陈腐法理。

（2）判决首次承认日军细菌战事实

①受陆军中央指令，731部队及1644部队，自1940年至1942年，在中国各地使用鼠疫菌、霍乱菌进行细菌战。

②原告控诉的衢县、宁波、常德、江山等地为直接受害导致爆发鼠疫、霍乱。

③原告控诉的义乌、东阳、崇山村、塔下洲等地为衢县鼠疫传播至此导致鼠疫爆发。

④仅原告控诉的 8 个地区死者就达 1 万人。

⑤关于 180 名原告的受害情况，法庭通过陈诉书、原告本人陈述，认定其为细菌战受害事实。

法庭承认上述事实。

此次判决基本全面承认原告主张的关于细菌战的基本历史事实。

（3）海牙陆战条约第 3 条规定

①细菌战违反国际惯例法日内瓦毒气议定书的内容。

②根据国际惯例法海牙陆战条约第 3 条规定内容，国家应负责任。

上述认定构筑了国际人道法关于细菌战的基本框架，具有决定性的重要意义。

可是此次判决认为，根据中日共同声明及中日和平友好条约，中方已放弃赔偿请求，被告不负有国家责任。

1995 年 3 月，在全国人民代表者大会上，副总理兼外交部部长钱其琛指出“中日共同声明放弃的是国家赔偿，不含个人赔偿请求，国民有权要求补偿，政府无权干涉”。

土屋团长最后警告说，世界充满战争危机，当时小泉内阁在 2001 年 10 月制定反恐对策特别措施法，将海上自卫队派往印度洋，参加阿富汗战争。甚至企图强行将“有事立法”法制化，鼓动国民同意参加伊拉克侵略战争。

日军进行的细菌战是最无人性的战争犯罪。日本政府逃避细菌战犯罪责任已愈半世纪。众所周知，逃避和推脱是无济于事的。

向往和平的我们，要直面本次判决所造成的恶劣影响，并予以坚决反对。有多少民众了解事实真相左右着上诉结果，我们要大声疾呼。

2. 遗弃毒气弹诉讼。

1997 年 10 月 16 日，第二批毒气弹受害者提起诉讼。

原告：崔英勋（1916 年生），原黑龙江省立第一师范学校化学教师，检查药液时受害；张岩（1949 年生）黑龙江省拜泉县龙泉镇卫生村村民，1976 年在该村工厂切割炮弹时受害；张喜明（1961 年生），黑龙江省依兰县依兰镇人，在自家挖地时炮弹爆炸受害；李国强（1949 年生），黑龙江省齐齐哈尔市中国第一重机公司医院医生；王岩松（1955 年生），黑龙江省齐齐哈尔市中国第一重机公司供应处化工建材科职员。

2003 年 5 月 15 日，地方法院齐藤隆审判长驳回原告请求，称“日本没有调查回收遗弃毒气武器义务，日本政府的‘不作为’不违法。”

审判长虽认定日军遗弃毒气武器、炮弹为“违法行为”；并承认，“若尽心竭力调查，向原侵华日军相关人员听取情况，在某种程度上可以掌握遗弃情况”，伤害的发生是可预见的；但其同时指出，“在主权之外的中国调查回收毒气武器是有困难的”，不过，对于遗弃行为，应负“政治上、道义上的责任”。

2003 年 9 月 29 日，对 1996 年 12 月 9 日的第一批提起诉讼的毒气弹、炮弹受害者诉讼做出判决。原告有：红旗 09 号事件受害者：孙景霞（其夫肖庆武死亡）、刘振起、李臣（以上为毒气弹受害）；牡丹江光华町事件：邢世俊、仲江、司明贵、孙文斗（挖出毒液罐）；周家镇东前村事件（炮弹）：张淑云（其夫齐广越死亡）、齐正刚（其父齐广越死亡）、齐广春、祁淑芳（其夫刘连国）、刘敏、刘波（刘连国两个女儿）。共计 13 人。

地方法院片山审判长首次承认国家责任：“日方有义务尽力收集信息并提交给中方，防止伤害发生。”“自 1972 年中日两国建交以来，日方未尽此义务，属违法。”其下结论说：“若我国诚心诚意调查军方相关资料，是可以掌握武器遗弃情况并预知危险的。”“即使日本无法直接去中国回收，但若能尽力收集信息并告知中方，本可安全处理。”关于诉讼时效，“国家行为不具备任何正当性，若适用诉讼时效，13 名原告将无法获得赔偿，明显有违公平正义原则”，故诉讼时效不适用。

3. 战争受害者的亲身控诉。

记得那是 1990 年左右，有一次韩晓先生对我说：“明天日本来团，说想见见受害者。怎么样？参加吗？”

山边参加东京高法遗弃毒气审判的游行

“旅行团”都是生面孔。前排坐着一位和我年纪相仿的女性，“那位就是昨天说的受害者?”我用目光询问韩晓先生。“嗯!”他过去简单打了个招呼，向我介绍说这位是敬兰芝。她站起来说：“我叫敬兰芝!”她环视了一下来访者，谈起了丈夫朱之盈被逮捕的经过。一旁访中团的日本人问：“日本宪兵为什么逮捕你丈夫?”

受害者遗属敬兰芝
（高晓燕　提供）

敬兰芝：“从事抗日活动。”

访中团：“抗日?”

敬兰芝深深地叹了口气，平复了一下心绪，回答说：“反对日本侵略者。”

“啊……”我激动万分，身边这位就是令人尊敬的抗日战士的亲人啊！我为自己有幸结识她而高兴，初次见面的我们就如同久别重逢的故友，言语投机。

那天见面后，我们相约再会。不知为何，那天那个场景，至今扎根在我的记忆中。我们心意相通，没多久就成了感情至深的姐妹。我亲切地称敬兰芝为“敬姐。”

1993 年，七三一部队展扩展到整个日本，以韩晓先生为首的几位先生应邀赴日，向民众讲述亲身经历以及研究成果。当时访日并不容易，仅我们去外务省办理访日邀请手续就跑了很多趟。中国东北的来访者要到日本驻沈阳总领馆申请许可办理签证才能购买机票。结果，韩晓先生因为一日之差没赶上新宿的开幕式。

若未记错，那次也应该是敬姐第二次赴日了。1995 年我和“中归联”的三尾丰到成田机场迎接。飞机按时抵达，几家媒体纷纷涌上来采访敬姐，我们看到敬姐脸上现出一丝疲惫。当时是走京成线出上野进入东京，我们简单寒暄几句后便向宾馆出发，三人上电车寻空位坐下。坐稳后我们才开始自我介绍，三尾说他原是宪兵，听到此，敬姐温和的脸突然抽动一下。我简单地介绍了三尾的活动情况，随即她站起来，不再瞧三尾。敬姐此次访日是去东北仙台参加讲演，我虽很想去，却没能参加。

事后，我从回京的三尾及其他参加者那儿听说了当天仙台的讲演情况。演讲现场敬姐愤怒地挥舞着拳头，控诉着日本侵华时期自己在监狱里如何遭受暴力审讯，丈夫朱之盈如何被严刑拷问，数度落泪。

三尾为自己曾是宪兵而向台上的讲演者屈膝道歉。一名参加者说，第一次看到日本人道歉，大家都有些吃惊。敬姐接受了他的道歉，会场气氛缓和了不少。加害者、受害者所控诉的事实，强烈地震撼着会场上的每一位参加者。

当时“中归联”也加入了七三一部队展共同实行委员会，并在其后的各地展出中给民众讲述自己的亲身经历和反省经过。这强烈地冲击了很多民众固有的关于当时的“皇军”的印象。

很多人读过畅销书《恶魔的饱食》，可是大家都只视之为小说，甚至不愿相信其为事实。可是，听到受害者的讲述，便再也不怀疑其真实性了。

岁月催人老。2005 年 4 月 19 日，硬朗的敬姐坐着轮椅由女儿陪同来日本。见到敬姐，我高兴之余，内心有着莫名的隐忧，在有生之年，敬姐能否听到日本政府的一句道歉呢?

原告除了在原陆军七三一部队活体实验中痛失丈夫的受害者敬兰芝，还有大连事件父亲被押往七三一部队的王亦兵一家 6 人、“南京大屠杀”期间强奸未遂身受重伤的受害者李秀英、对无防守地区狂轰滥炸的受害者高熊飞。受害者、遗属共计 10 人，要求日本政府赔偿约 1 亿日元，上诉东京高法。

最后，高等法院的门口审判长宣判：

山边悠喜子（右二）及日本ABC企画委员会与防卫省就公开七三一部队相关资料的进行交涉

支持东京地方法院一审驳回原告请求的判决，“战争受害者个人无权要求外国赔偿损失”，并称“（禁止战时非人道行为的）海牙陆战条约并非受害者直接要求军队所属国赔偿的国际惯例法。”“如承认基于人道主义的个人赔偿请求，将成为战败国及其国民的负担，并将会对战后处理带来混乱威胁。”并否定基于当时“中华民国”法律的请求，“日军杀人及伤害不适用国际私法”，即使该法适用，“根据大日本帝国宪法，对公权力导致的损害，国家不负有赔偿责任，即国家无答责。且不承认诉讼时效（20年请求权丧失）的延长。”

日本ABC企画委员会代表正在向防卫省官员进行资料说明

辩护团则认为：

一审认定七三一部队人体实验、南京大屠杀、空袭无设防区等受害事实，并表示日本应真诚地道歉。可是却驳回了控诉人所有请求，因此控诉人上诉到高等法院。

在开庭前，辩护团散发资料阐述其观点：

（1）对于外国军队（日军）成员的加害行为，受害者个人是否有权根据国际法要求该国赔偿损害。

（2）对于类似此案的原侵华日军成员的加害行为，控诉人能否根据国际私法（法令 11 条要求被控诉人赔偿损害）。

（3）是否适用民法 724 条后段损害赔偿请求权的诉讼时效。

结果法院判定：

（1）受害者个人无权直接要求外国赔偿损害。

（2）对于类似本案的原侵华日军成员的加害行为，不适用国际私法法令第 11 条。因此没有理由根据当时“中华民国”民法请求赔偿。

（3）即使根据法令第 11 条第 1 项，不法行为发生所在地的法律，即“中华民国”民法适用，不法行为成立，且根据该条第 2 项，日本法也认定其为不法行为，但是，根据该条第 3 项，关于不法行为效力的申诉，距本案加害行为发生已超过 20 年，故驳回其请求。高法宣判当日，辩护团悲愤地发表声明，立即表示上诉。

当天，各大新闻媒体报道称，此次东京高法判决同1999年9月一审一样，并未触及受害事实，以“根据国际法，战争受害者个人无权要求对方国家赔偿”驳回了原告申诉。4月20日《每日新闻》撰文，原告根据海牙陆战条约（1907年）占领地区的人道待遇要求赔偿损害。

判决指出“该条约不承认个人赔偿请求”。且国家赔偿法实施（1947年）前的公权力行使，国家不负有赔偿责任，且距当时已超过20年，故驳回其请求。而一审判决指出的“国家应向中国国民道歉”，此次未提及。

《读卖新闻》评论称，“如承认个人赔偿，将导致战后处理混乱”。

原告严厉抗议道，“在反日游行风起云涌的当下，重要的是日本如何面对过去”，这是一次“不当判决！”，“今天的判决将伤害中日关系”。原七三一部队队员篠塚良雄抗议道，“我为自己身为日本人感到羞耻，不清算过去如何伸张正义！”

面对旁听席坐不下而在法院前等候的声援者，敬兰芝用尽浑身力气高喊，“道歉！抗议判决！！”

法院前的大楼之间回响着伸张正义的呼声。晚上，我们住宿的饭田桥一带，结束工作的人脚步匆匆，宾馆也没个人影。敬姐对我说：“今天的判决算什么。法庭是杀害我丈夫朱之盈、拷问侮辱我的人的同伙。”在痛哭流泪的受害者面前，我无言以对，我是有罪的日本人，麻木地旁观着战争犯罪的胆小鬼老太婆。

令人惋惜的是，敬兰芝姐姐回国后，带着悔恨离开了人世。过去的10年，屈辱没有得到任何补偿。这么长时间，日本有充足的时间反省，可是，日本傲慢地跨过那场审判，再次回到了老路上。侵略者夺去了无数人的一切，让他们生活在血泪之中。那场战争，日本踏上中国土地，将无辜的人们送去七三一部队进行人体实验，并将制造出来的细菌撒到南方，夺去更多人的生命。因为这是国家行为而无法追究？为什么？世界能宽恕吗？

4. 关于日本战时强制劳工的诉讼。

我们经历过不少战后审判，最难以忘记的是“花冈和解”。2000年11月29日“和解成立”的结局受到世人关注。中国因“花冈事件”受害劳工起诉日本政府，原告要求“道歉、建立殉难纪念碑、986名受害者每人500万日元赔偿，恢复屈辱的如同奴隶的劳动者的人的尊严，鹿岛真诚道歉”。

1999年9月10日，东京高等法院建议和解，2000年4月21日，法院将建议书提交双方，原告于同年同月在“同意书”上签字。关于“和解”内容，各新闻媒体称之为了不起的结果，哪里了不起了？我们完全无法理解。但既然“原告同意了”，不相干的我们也不好插嘴。可是不久后，真相大白了，原告坚决不同意和解。

和解文件上，一句道歉的话都没有，当天鹿岛发表的声明

“我公司竭心尽力地照顾他们，可惜，很多人因病逝世了……”418 人死去了，一句道歉的话都没有。

中国原告多为农村出身，不可能理解日语法律文件，这点辩护团是清楚的。可是，事先未出示中文译文，在最终说明会上，一名原告提出质疑，也未得到满意的答复，只是敷衍说“同和解建议书内容基本相同”。可是原告的三项最基本要求都未记录在案。结果，原告团长耿谆在未充分了解“和解条款”的情况下，“和解”成立了。甚至，“建议书”中最重要的一部分也被删掉了。

耿老事先与律师沟通时称，败诉也没关系，败诉了，下一代可以继续上诉，可是，辩护团瞒天过海，导致“和解”成立了。被告鹿岛在当日发表的声明中没有一句道歉之辞，而是以慈善家的姿态用 5 亿日元了结了此案。受害者所要求的赔偿并非完全是金钱，结果，企业用微不足道的和解金，敷衍了原告，并隐藏着藐视原告的不良居心，自认为“只要有钱就可以解决一切事情”真是可笑至极。

辩护团和媒体极力“赞美和解”，称之为解决战后问题的里程碑。几天后，看到中国人自己翻译的“和解条款”，原告团长耿谆在极度气愤之下，昏倒入院了。

朴实的受害者们过于相信加害国，“被骗了！”

肩负着 986 名受害者及其中 418 名死者遗属期待的此次和解，

因过于轻信不知悔改的日方，耿老只有深深的叹息，倾注了无数心血的战斗就这样结束了。

结果，日本失去了这次向过去的战争犯罪真诚道歉的好机会。政府企业狼狈为奸，司法也与之沆瀣一气。耿老发表声明，拒绝接受鹿岛的和解金，拒绝和解。

自那以后，我们还见证过不少战争审判。不能否认，辩护团为原告的愿望做了细致周密的辩论，声援者也激励了受害者。可是，法庭的判决结果，却受到国家意志的影响，可以说，完全无视原告的意志。更严重地说，受国家操控的法院、本应以原告为重的辩护团，以及声援者们一起成了拦在原告前面的拦路虎。

国家对侵略战争从未认真反省，我们感到愤怒、失望，并为受害者感到悲哀。对无可争议的历史犯罪，我们能袖手旁观吗？

要说明的是，原告团长耿谆等 986 人，绝不是外出劳工。他们是华北战场的战俘，更有一部分是被“抓丁”去的无辜百姓。我们应铭记，不还受害者以公道，这是国际法所不容的。

第六章　保护七三一部队遗址设立和平之碑

一、“遗址”是历史留给我们的遗言

曾被无数烈士鲜血染红的遗址，一定要保存下来。先人用鲜血留下的证据，拥有无与伦比的力量，向我们再现了当时的场景，还原了事件的原貌，发人深省。

承载侵略事实的遗址；亲历者的证词；加害的证据、文献等，以上所列的三种珍贵史料，经过 70 年的风雨，弥足珍贵。许多文件、证人正随时间的流逝慢慢消失。这 20 年间，为了将来努力讲述历史的证人也越来越少了。工作十分紧迫。在受害者有生之年，我们必须敦促日本政府承认过去的事实，并主动提供资料。前文所述审判，受害者的请求都被驳回，这是当政者在刻意隐瞒事实。加害国毫无反省之意，能开庭审判，原告人遇到的巨大障碍是可以想象的。可是，即使有困难，也不能退缩，让更多民众了解事实具有深远的意义。

二、基金会的设立以保护保存遗址为目的

1996年6月，为了两国的友好和平，以史为鉴，面向未来，维护保存珍贵遗址，我们应各界“设立基金会”的期盼，听取各方宝贵意见，开始着手设立“原侵华日军第七三一部队罪证遗址保存基金会（暂称）”。

山边悠喜子女士拜访已故韩晓先生的家，并与其遗孀确认资料

黑龙江省人民对外友好协会主任韩广儒先生任会长，副主任刘忠源先生任副会长，并由中日双方联合选出：秘书长黑龙江省人民对外友好协会处长赵尔力、副秘书长三岛静夫、七三一陈列馆馆长谭景波、会计孙大雪和田千代子、会计审计渡边登。

日方代表与七三一陈列馆就遗址保护交换意见

黑龙江省人民对外友好协会努力克服中日两国面临的各种困难。原以每年 100 万日元为募集目标。但是“七三一部队展”在日本持续低迷，至今未达成 3 000 万日元的总目标。而近 20 年，考虑到价格变动因素，原定目标也许并不妥当。上述成员已有几人故去。应重新选举成员，并同时探讨这 20 年社会形势变化的对策。

与黑龙江省档案馆进行座谈，请求其整理并公开侵华日军相关资料

与黑龙江省人民对外友好协会就七三一部队遗址保护进行座谈

1997 年 10 月：黑龙江省档

案馆公开原宪兵“特别移送”文件，成员代表三岛静夫、和田千代子、山边悠喜子访问哈尔滨。1998 年 2 月提议七三一部队遗址登录世界遗产。1999 年 5 月，就七三一部队遗址申请“世界遗产”，以“罪证遗址保存基金会”名义向黑龙江省提交请愿书。为举办“毒气展”制作展品。在大久野岛举办“毒气研讨会”，并在全国展出。2004 年，制作了新展板。

三、申请将七三一部队遗址列入世界遗产名录

1995 年建设新馆时，将募集资金会改称“七三一部队遗址世界遗产登录（国民会议）会”，修整遗址，正式开始申请世界遗产。

黑龙江省档案馆出版“特别移送”文件，对“特别移送”给予了厚望。是否会迫使日本政府做出回应呢？“徒法不足以自行”，我们应具体采取行动。

“七三一部队展”全国观展已达 30 万人，盛况空前。可是，并未发展成全国性运动。活动在持续，可是盛极而衰，日本经济低迷也影响到各成员的生活。我们不是有钱人，并深知不会给企业带来正面影响。通过花冈审判结果我们也看到，同政府一样，企业也未真正反省历史。

响应我们募集资金活动的人，捐出的都是浸满劳动汗水的钱。我们原本根基不稳的募集资金活动极易受到影响。可是，我

们不忘初心：不论时代如何变迁，历史真相不会改变。

与 100 多个市民团体共同举办七三一部队展会场

为保存遗址，平房区居民做出很多牺牲。回想起来，日本占领时，他们被驱逐出军事区，被迫生活在半地下的房子里。日本战败后，他们回到原住处，看到的是逃得无影无踪的恶魔留下的断壁残垣。而我们为了保存遗址，请求重获自由的人们再次迁了出去。

遗址会向后世倾诉历史，这是永远的伤疤。战争结束半个多世纪后，对默默守护着平房遗址的当地人，我们无言以对，唯有惭愧。

参加九一八纪念活动的小学生说，自从出生就看着那锅炉烟囱，妈妈告诉他说那是日本人留下的恶魔的遗物。现在他们要努力建设好自己的家园。

我们受到平房区孩子们的鼓励，望着恶魔之塔，坚定了达成计划的决心。有人说，“光凭想法不能当饭吃”。我心里想，当年成千上万的人即使没有饭吃，也要投身于抗日，不也是凭坚定信念的支持吗？我们必须要保存好浸满他们鲜血的遗址。

其后，我们成立“七三一部队遗址申报世界遗产登录会”（简称“申报会”）。七三一部队展、毒气展两方实行委员会合并，更名为“A（核武器）B（生物武器）C（化学武器）企画委员会”。

保存这么大的遗址对于我们市民团体及中方来说绝非易事，目前日方一致决定保存的四方楼及周边部分，也面临着资金和资料短缺的问题。中方成立“平房遗址开发工作推进小组”，在各地开展募集资金活动。

七三一部队陈列馆被列为世界文化遗产预备名单

2001年1月，日本ABC企画委员会呼吁将七三一部队遗址列入“世界遗产名录”，为此，选举田中宽、栗原透为代表。在中方的坚持下，保有遗址的热情持续高涨。

四、设立“谢罪与不战和平”之碑始末

1993 年开始的“七三一部队展”全国巡回展，迄今已有约 30 万日本市民参观。通过“七三一部队展”，我们募集到了保存遗址的资金，并引起了各界的强烈反响。

我们认为，日本政府应正式向受害者及遗属道歉赔偿，并长年为此付诸行动。可是，战后 70 年，我们看不到日本政府的任何改变。在日本政府反人道的姿态下，在战后 60 周年的 2005 年，我们呼吁募集资金，建立“谢罪碑”，表达日本市民对受害者的忏悔。在黑龙江省人民对外友好协会的协助下，我们向中国有关部门提出“建碑许可申请书”，上级立即同意了我们募集资金的请求。拿到“建碑许可”后，我们开始呼吁日本市民募集建设资金。

前来向“七三一部队遗址保存基金”和“谢罪碑建立资金”捐款的市民越来越少，一年募集 300 万日元谢罪碑建设资金的目标并非易事。在这里要感谢为“谢罪碑”捐款的有良知的日本市民，最终我们达成了 300 万日元的目标。

中国方面批准了建碑，但同时还提出了七三一部队遗址大规模修改计划。我们收到报告称“因修改计划尚未确定，谢罪碑的建设场所待定，2005 年无法建立”。因此，原定在 2005 年建立的

计划不得不延期。终于，在 2010 年，我们实现了建立“谢罪碑”的愿望，并于 2011 年 7 月举行了“谢罪与不战和平”之碑揭幕、落成仪式。

谢罪碑

2011 年 7 月 9 日 10 时，来自黑龙江省政府、哈尔滨市政府、平房区政府的各位代表，社会科学院、原陈列馆馆长及相关人员等中方代表约 60 人，日本 ABC 企画委员会、中日友好团体友人等日方代表约 50 人出席，举行了盛大的谢罪碑揭幕仪式。

矢口先生在谢罪碑揭幕式上代表日本向受害者谢罪

日本 ABC 企画委员会代表矢口仁也代表日方致辞。矢口首先说，对于毫无道歉之意的日本政府，作为一名日本市民，我既愤慨又感到羞耻、悲哀。“谢罪碑”的建立，要感谢陈列馆、中国政府、黑龙江省、哈尔滨市、平房区各位的理解与协助。矢口进一步表示，“七三一部队残杀了 3 000 多人，日军的侵略给中国人民、烈士遗属带来了巨大悲痛，不论如何道歉都不应得到宽恕”，并在谢罪碑前下跪叩头。

本来，矢口代表的膝盖有病，屈膝困难。可是，他坚持说，不“下跪”无以表达自己的谢罪之心。一旁列席的我们对此“意外”行动都不知如何应对，直到主持人将他扶了起来。

在此，我还要对一直以来关照我们的两位原馆长、陈列馆第一任馆长韩晓的夫人、七三一部队受害者遗属朱玉芬、靖福和的夫人出席谢罪碑揭幕式表示感谢。

在谢罪碑前合影，左起：朱玉芬、山边悠喜子、靖福和的遗孀、韩晓的遗孀

本来，我们还邀请了日本国会议员出席谢罪碑揭幕仪式。可是不巧正逢国会议会期间，他们无法出席。不过，众议院议员阿部知子（社民党）、参议院议员川田龙平（大家的党）、参议院议员今野东（民主党）、众议院议员斋藤劲（民主党）、众议院议员服部良一（社民党）、众议院议员笠井亮（共产党）为揭幕式发来诚挚的贺电。众议院议员阿部知子的贺信称：恭贺“谢罪与不战和平”之碑落成。上次大战，日本给亚洲各国，特别是中国人民带来巨大灾难，为此，作为一名日本人，我由衷地道歉。我们要以这段不幸的历史为教训，前事不忘后事之师，今后，我愿为中日友好做出最大努力。

“谢罪碑”的建立，不是日本政府所为，而是以日本 ABC 企画委员会各位为中心的市民自发的行动，这是信念坚定的具体行动，为此，我很感动。日本 ABC 企画委员会的各位代表每年都要到中国访问，听取受害者家属证词，搜索文献，并与黑龙江省人民对外友好协会的各位同志构筑了互信关系。谢罪碑的建立，是诸位长年以来踏踏实实努力的结果，我相信，其必定会成为中日友好的基石。

在场的各位，都勇于面对日本人伤害了中国人民这一严酷的事实。我期待与各位一道，为今后两国友好做出贡献，并祝愿中日两国世世代代友好下去。

各位议员一致表明：“日本政府应向侵略战争中的中国受害

者诚挚道歉，并宣誓不战。为此，我们将在国会内外为真正的中日友好奋斗。”6 位国会议员为七三一部队毒气受害者访日邀请活动、为解决遗弃毒气弹问题多次同政府交涉，一直以来，对我们日本 ABC 企画委员会的活动都非常理解并支持。

关于“谢罪与不战和平”之碑的规格，当初，七三一部队罪证陈列馆建议说，中方助资，建一座“大碑”。但我们希望，即使小些，也想完全用日本市民的资金来建立。因而拒绝了中国友人的好意，非常抱歉。

日军七三一部队犯下了滔天罪行，小小的“谢罪碑”是无法承载加害者的责任的。从碑文雕刻看：“侵华日军第七三一部队在中国犯下了世界历史上史无前例的国家级罪行。我们作为加害

谢罪与不战和平纪念碑（高晓燕　提供）

国的市民向那些被残害的抗日战士以及众多无辜的中国人民和他们的遗属真诚谢罪。我们在此立誓，以史为鉴警示后人，永不犯同样的错误。”2010 年 8 月 15 日，日本 ABC 企画委员会在中方相关人员的协助下，终于建成了“谢罪碑”。

当然，“碑”建成了不代表“道歉被接受了，罪行得到原谅了”。我们将此视为新的起点，继续关注中国受害者。“加强互信，加深友好，共创和平，为子孙后代创造一个光明的未来”，是我们热心付诸相关行动的本意。2015 年是战后 70 周年。现在，日本各地掀起清除和平博物馆、谢罪碑、强行掳走受害者慰灵碑等“清除加害记录”的运动，无外乎是某些人强调战争受害，隐去加害历史的恶意想法。在此环境下，我认为哈尔滨的“谢罪与不战和平”之碑更显意义重大。

在侵华日军七三一部队罪证陈列馆前致歉（高晓燕　提供）

第七章　考察侵略遗址寻找战争罪证

前面已经数次提到，日本了解七三一部队相关史实的市民只占一小部分。1981 至 1983 年间，森村诚一《恶魔的饱食》3 部曲相继出版发行并成为畅销书，使得很多市民开始认识七三一部队。1993 年开始的“七三一部队展全国巡回展”引来参观者达 30 万人。而这也只占日本人口很小的一部分。中小学（义务教育）教科书关于七三一部队的记述内容微乎其微，高中教科书也仅有几种版本有记载。鉴于日本市民现有相关历史知识有限，简单地呼吁“保存加害者七三一部队遗址”并得到更多人支持并非短时间内能够实现的。

为实现七三一部队遗址登录世界遗产这一目标，我们首先要做的就是让更多的人去参观遗址，并通过自己的眼睛了解认识侵略战争历史事实。经相关部门的同意，我们开始了探访侵略战争遗址、听取证词的考察。

以侵华日军七三一部队本部遗址所在地哈尔滨为中心，我们考察了七三一部队支部所在地孙吴、海拉尔、林口、牡丹江的遗址，以及当年的边境要塞群等，并赴各地调查战争遗址，听取受害者证词。我要感谢黑龙江省人民对外友好协会各位先生对访问目的地所做的事先调查、筹备、翻译等工作，没有他们的协助，我们的访问调查无法成行。

2001 年，《“七三一部队”罪行铁证》出版后，我们开始了向“特别移送”至七三一部队的受害者遗属听取证词之旅。遗属证词对于现在的我们来说听上去是可怕恐怖的，但是，为认清历史事实，我们必须进行听取调查的活动。当然，边回忆边讲述苦难的过去，证人的痛苦更是超乎我们的想象。

自 2000 年开始，我们一共开展了 19 次“侵略战争爪痕探访之旅”，在此具体呈现如下。

2000 年 5 月，第 1 次“现场探访七三一部队遗址”，我们考察了哈尔滨、孙吴、黑河、北京；

2001 年 6 月，第 2 次“七三一部队设施公开与战争遗址考察”，我们分两个小组进行。一组去哈尔滨、东宁，另一组赴孙吴、黑河；

2002 年 8 月，第 3 次“中日邦交正常化 30 周年——探访战争遗址”，我们分两个小组进行。一部分团员考察哈尔滨、齐齐哈尔、海拉尔、诺门罕，另一部分去了长春、沈阳；

2003 年 10 月，第 4 次“探访七三一部队战争遗址”，我们一行到鸡西、密山、虎林、虎头考察；

2004 年 6 月，第 5 次“探访七三一部队、五一六部队”，我们一行到哈尔滨、齐齐哈尔、安达考察；

2005 年 6 月，第 6 次“探访华北一八五五部队”；

2005 年 9 月，第 7 次“探访七三一部队、中国东北边境小城”，探访了哈尔滨、牡丹江、绥芬河、东宁；

2006 年 6 月，第 8 次“探访七三一部队遗址、哈尔滨”，在哈尔滨和背荫河考察；

2006 年 9 月，第 9 次“探访山东省七三一部队与霍乱作战遗址”，前往济南、肥城、德州、临清、青岛；

2007 年 6 月，第 10 次“探访七三一部队罪行足迹”，探访哈尔滨、长春、农安、沈阳；

2008 年 7 月，第 11 次“探访七三一部队侵略爪痕”，探考察探访哈尔滨、安达；

2008 年 10 月，第 12 次“哈尔滨、林口、牡丹江、大连 8 日之旅”，探访宁安、旅顺；

2009 年 8 月，第 13 次“探访哈尔滨、平房、榆树市之旅”；

2009 年 10 月，第 14 次“探访七三一部队细菌战受害地”，到常德、衢州、义乌、崇山村、绍兴、杭州等地考察；

2010 年 9 月，第 15 次“探访哈尔滨、海拉尔、诺门罕”；

2011 年 7 月，第 16 次“见证原侵华日军侵略爪痕——探访哈尔滨、黑河、孙吴”；

2012 年 8 月，第 17 次“探访侵略战争爪痕”，赴哈尔滨、阜新、沈阳考察；

2013 年 9 月，第 18 次“探访哈尔滨、佳木斯”，赴哈尔滨、佳木斯、鹤岗；

2014 年 8 月，第 19 次“探访七三一部队、日本侵略殖民统治爪痕”，到哈尔滨、安达、满洲里。

在这些考察中最令我印象深刻的旅程是下面几次：

2003 年 10 月，第 4 次“探访七三一部队战争遗址”。我们到鸡西、密山、虎林、虎头等地进行了为期 9 天 8 晚的考察。这也是我首次与黑龙江省社会科学院的研究者进行联合调查。调查期间与黑龙江省社会科学院历史所，就日本政府对遗弃毒气弹处理情况现状及中国受害者情况等交换了意见。

那次探访中我们调查了鸡西（滴道煤矿）万人坑、鸡东要塞、虎头要塞，参观了兴凯湖。在鸡西、虎林听取了七三一部队受害者遗属（3 名：李钢、王选财、朱玉芬）证词。那也是我首次与“特别移送”受害者遗属见面，我们认识到这些受害者双亲下落不明对于他们来说是多么痛苦的事。通过他们的讲述，我得知，战后，身为七三一部队实验受害者的父亲“下落不明”，甚至背着“日本间谍”的污名，遗属找不到工作，甚至被人瞧不起，过着痛苦的生活。直到档案馆公开“特别移送”文件资料，并出版《“七三一部队”罪行铁证》后，七三一部队受害者遗属们才了解到父亲的最后时光。档案资料被发现之前，外面的人们无法确认他们是否还活着，更谈不上为他们立墓碑。直到资料公开后，受害者的父亲、叔父等终于恢复了名誉，并被授予了“抗日烈士”称号。李钢先生将父亲最后留给母亲的宝贵遗物“钱包”拿来给我们看。他对素不相识的我们表现出的善意让我们很感动，我们对此行动更加坚定了胜利的信心。

虽然我们日本人很难理解“抗日烈士”称号所包含的意义，但我们感受到了《“七三一部队”罪行铁证》出版的意义——恢复受害者名誉，还其家人公正。

2005 年 9 月，第 7 次“探访七三一部队、中国东北边境小城”。此次探访共有 16 名参加者，黑龙江省社会科学院王希亮与我们一起考察，行程为期 10 天 9 晚。记得那次我们走访了七三一受害者遗属王选财。

这次考察内容丰富，我还有幸出席了哈尔滨市社会科学院主办的首届“侵华日军细菌战毒气战国际学术研讨会”，并且参观

在黑龙江省鸡西访受害者遗属（高晓燕 提供）

了牡丹江市原侵华日军相关设施、关东军司令部、宪兵队遗址及七三一部队牡丹江支部遗址等地。

这次活动我们还调查了东宁要塞、绥芬河要塞（这一要塞当时尚未对外开放）。我们到东宁听取了当时为日军筹措粮食的老人（朱玉信 83 岁、肖秀云 87 岁）的证词，以及遗弃毒气弹事故受害者（1965 年事故受害者徐景飞）证词（证人年龄为 2005 年访问时的年龄）。在东宁为我们提供证词的两位老人称，当年他们是从山东过来的，有亲戚招呼他们来这儿找工作。他们成为日军劳役，主要是为日军修路和种粮。他们看到“特殊工人”大冬天穿着破破烂烂的单薄衣服被押到要塞劳动。

记得 2003 年访问鸡西时，为我们提供证词的七三一部队受害者遗属王选财表示希望同我们一起走访各地，此次他也随同我们参加了考察。他想知道：我们为什么要访问战争遗址？将他的叔父当成人体实验品的七三一部队到底是什么？很难想象，他与自己憎恨的日本人同行需要多大的勇气。最初，我们不知道彼此如何交流，在社会科学院王希亮研究员的帮助下，我们渐渐打开心扉，最后在哈尔滨洒泪惜别。他在旅途中，始终抱着《“七三一部队”罪行铁证》一书，就像抱着逝去的叔父的遗像一般，那个场景我难以忘怀。

2006 年 9 月，第 9 次我们探访山东省七三一部队与霍乱作战遗址。这次考察共 8 天 7 晚，参加者 17 名。我们参观了济南事件相关设施遗址、七三一部队支部遗址、强征劳工相关设施遗址。调查了山东临清市霍乱作战现场，听取了 83 岁老人王振东的证词还听取了七三一部队“特别移送”受害者遗属李兴田之孙李祥、济南事件遗属蔡公时之女 80 岁的蔡金铭的证词。听取了肥城市孙家小庄村强征劳工证词（孙远剀 84 岁、孙远其 82 岁），参拜了慰灵碑。我们还参观了德州“京杭大运河”遗址，并与党史研究者进行了细致交流。由青岛社会科学院张树枫先生陪同参观强征劳工设施遗址、参观刘连仁（已故）纪念馆。这是我们考察以来首次访问黑龙江省以外的地区。

我们事先联络了山东省相关部门，所以前来作证的了解原侵华日军罪行的证人很多。除了七三一部队的罪行以外，日军还犯下很多残暴的罪行，我们震惊于受害范围之广，受害程度之深。这成为身为加害国一员的我们的道歉之旅。

2008 年 10 月，第 12 次我们开始了哈尔滨、林口、牡丹江、大连 8 日之旅。此次共 8 天 7 晚，参加者有 14 名。这次考察我们听取了牡丹江遗弃毒气弹受害者（仲江、孙文斗、邢世俊、程子儒）的证词并交流。并参观了林口支部遗址及原侵华日军司令部（北山宿舍）遗址，参观的地点据说是进行过细菌实验的“原七星村”遗址。参观开拓团遗址（宁安、东安村）（注：日本人将“开拓团团民”视为“战争受害者”）听取证词（关常纯 72 岁、楮孝田 81 岁），参观镜泊湖青少年训练所遗址、宪兵队遗址等，听取证词（李臣 74 岁）。我们还参观了大连殖民统治机构设施遗址、旅顺监狱遗址。

在日本，提起“开拓团”，人们难免会想到遗孤问题和战后逃回日本时的悲惨情景。但是，在我看来，开拓团并非受害者，而是加害者，日本开拓团占领中国农民的土地，夺取了生活在此的农民的一切，我们此行的目的就是听取当地人的证词。

日军近乎是无偿地征收农地，剥夺了当地农民的生活来源，失去土地的农民无处可去。因为无法离开自己的土地、居所，无奈只好住在日本开拓团周围。后来，日本人雇佣原住民耕种土地。直到战争结束后，日本人逃跑了，他们才回到自己的土地。

对于我们的贸然访问，很多老人没有计较，而是爽快地接待了我们，并提供了宝贵的证词，甚至还借我们厕所用，让我们非常感动。

此次同行的还有日本人的遗属，她的父亲在牡丹江磨刀石战死。据她讲，她当时只拿到了装着小石子的“遗骨箱”。她甚至连父亲是怎么死的都不知道，只收到了装着小石子的“遗骨箱”。那是怎样的一场战争？父亲是为何而战的？父亲在牡丹江是怎样战斗的？她太想了解这一切了，因此参加了此次牡丹江考察。对于中国来说，当时的日本兵是加害者，可是对于失去父亲的女儿来说，父亲又是“受害者”。这成为我们重新审问“何为加害者，何为受害者”的契机。后来，我得知通过此次了解父亲战死之旅，那位日本遗属后来长年致力于和平运动。

2011 年 7 月，第 16 次我们开启了“见证原侵华日军侵略爪痕——探访哈尔滨、黑河、孙吴”之行。这次考察我们一共进行 8 天 7 晚，有 21 名参加者。此次亦有黑龙江省社会科学院高晓燕、王希亮、刘全顺 3 人参加。在黑河，我们与党史研究者们进行了细致交流，走访了原侵华日军要塞。孙吴原“满洲国”研究所所长杨雁红陪同我们参观七三一部队孙吴支部遗址、第 5 边境守备队设施遗址、军人会馆、飞机跑道等原侵华日军相关设施，并为我们进行了详细讲解。

时隔多年再次访问孙吴，我们发现不少原侵华日军相关设施被保存了下来。“军人会馆”正在改造，准备作为展馆对外开放，但苦于遗物、文件资料等展品太少。战后 60 多年，中国取得了

在黑龙江省孙吴县考察日军侵略遗迹（高晓燕　提供）

令世界瞩目的经济发展，与此同时，遗址也遭到破坏。而令人憎恶的日军遗物、遗址，更是让受害者同胞毁之而后快。我们能做些什么呢？也许协助提供证据，向后人展示战争的悲怆，是最好的选择了吧。我们为当地党史研究部门的热心研究所感动，赠送给他们《松风第 123 师团战史》，并承诺今后继续提供资料。之后，我们又邮寄过黑河的相关资料。希冀对相关历史研究有所裨益。

回顾 19 次考察，日本 ABC 企画委员会组织考察的目的是了解七三一部队，用自己的眼睛认识日军侵略战争真相。我们的行动虽不能像专家那样彻底“调查研究”，但也决不是“以观光为目的”的。参加者不能长时间停留在一处，费用也是自己负担，在这样的条件下，如何高效地走访各地，听取证人证词是最令我们困扰的问题。访问目的地、住宿、费用、日程定不下来就无法募集参加者。在此条件下，“进行着重于调查研究的考察”是不可能的。我们虽尽力明确了目标，但我认为这 19 次考察还是不能说成功。

随着考察次数的增多，参加者渐渐固定下来，不足、不满也出现了。首次参加者希望“多去一些地方，在有限时间内多走访一些地点”，而参加过多次的人希望“在一个地方深挖下去”，如何处理这个分歧？是今后我们日本 ABC 企画委员会着重研讨的课题。

关于接下来的走访调研，我们打算分为初次组和专家组。所谓的专家组，也是普通市民组成。我们自身要事先学习，再通过当地调查加深理解。我们的目标是“让民众知晓历史”。在我看来，普通市民也必须了解历史，正视历史才能更好地发展。

为我们提供证词的各地证人、帮助我们为活动做事先调查的黑龙江省人民对外友好协会的各位同志、社会科学院的各位同志，比我们更辛苦。若今后也能对我们的考察多提宝贵意见建议，我们一定会收获更多。

第八章　编辑出版《“七三一部队”罪行铁证》揭露细菌战罪行

一、黑龙江省出版“特别移送”档案

我们日本ABC企画委员会长年致力于收集“特别移送”证明资料，1997年10月，黑龙江省档案馆发现“特别移送”[①]文件。于是我们迅速与黑龙江省人民对外友好协会取得联络，并确认了内容。关东宪兵队“特别移送”文件共计66件，其中，各宪兵队申请上级批准的“特别移送”对象52人，关东宪兵队司令官批准“特别移送”，被押往七三一部队的抗日战士达42人。

① “特别移送”：指关东军宪兵队及其他军警机关，不经法庭审判将抓捕的抗日国人士及其他人员交到七三一部队进行人体实验的秘密行为

我们深信，这些珍贵资料，将成为历史证据。我们与黑龙江省人民对外友好协会协商后，决定由黑龙江省档案馆、黑龙江省人民对外友好协会、日本 ABC 企画委员会三方联合出版。

文件无比珍贵，而档案馆各位先生的热情、黑龙江省人民对外友好协会大公无私的协助更是感动了我们，让我们更深地认识到文件的宝贵。我们之前与各地档案馆没有联系，此次是初次见面，档案馆各位职员的热心，让我们特别感动。

2001 年 12 月 10 日，黑龙江省档案馆、黑龙江省人民对外友好协会、日本 ABC 企画委员会三方共同以《“七三一部队”罪行铁证》为题出版了资料。

2001 年冬日本 ABC 企画委员会主要成员与黑龙江省相关研究者在哈尔滨

（高晓燕　提供）

二、吉林省出版“特别移送”档案

2001 年 9 月，吉林省档案馆公开“特别移送”文件 277 份，以及七三一部队在新京、农安一带的鼠疫防疫活动相关资料。2003 年，吉林省档案馆、日本近现代史研究会，日本 ABC 企画委员会三方依据黑龙江省的经验再次联合出版《“七三一部队”罪行铁证》。

参与了黑龙江、吉林两省公开出版档案资料，我们认为，通过此举用事实揭露日本侵略中国东北的真相具有重要意义。文件记载的主要是 1940 年前后的事，那正是日本发动太平洋战争的前夜，我们内心受到真实证据的强烈冲击，也感到无比愤怒。

我们应如何充分利用并发挥各地档案的作用，是我们接下来的重点课题。

三、《“七三一部队”罪行铁证》证明了七三一部队罪行

1925 年，日内瓦议定书缔结，禁止使用细菌武器、毒气，日本签字，可是并未批准（1970 年批准）。结果，在全世界都在裁军的背景下，日本却开始着手研究如何将生化武器用于军事行动。

1936 年 5 月 30 日，天皇批准军令陆军甲第 7 号。1941 年，在当时的黑龙江省平房设立“关东军防疫给水部（后来的七三一部队）”、在吉林省孟家屯设立“关东军兽疫预防部（一零零部队）”。石井称其为“穷人的武器”，并由此揭开了医学犯罪的帷幕，日本的侵略意图昭然天下。

据我们考证，“中国归还者联络会”出版的《侵略》有如下记述：

1. 1942 年 1 月，石井四郎向前来平房视察细菌实验情况的关东宪兵队司令官原守、司令部第三课长吉房虎雄介绍说：“细菌武器的第一特征，就是威力大。铁制枪炮，只能杀伤一定范围的敌人，且伤口恢复快，可以再次参加战斗。而细菌战，从人到人，从村到村，杀伤范围越来越大，而且其毒素进入人体，死亡率比枪炮高很多。一旦受伤，很难痊愈，无法再次参加战斗。”

“细菌攻击的第二特征，就是对于缺少钢铁的日本来说，是最合适的战斗方式，并且其费用低。目前尚有研究空间，但苦于材料不足无法推进”。

战败后的 1950 年 8 月，被押往西伯利亚的伪满洲国战犯 969 名被引渡至中国，接受抚顺战犯管理所的教育，从他们被释放回国后出版的著作中，我们可以了解到当时的情况。

2. 新中国成立后的 1956 年，在中国人自己的土地上对曾侵略过我们的日本战犯进行了审判。在场的人都被受审者诚挚的反省和受害者的倾诉所震撼了。

1989 年 9 月，中华书局在出版的《细菌战与毒气战》第五卷、第七卷中，首次公开了在抚顺战犯管理所接受教育的人的证词和伪满洲国的情况。日本同文馆根据上述资料于 1991 年出版图书《人体实验》《活体解剖》《细菌作战》。

3. 1949 年 12 月，在苏联哈巴罗夫斯克，12 名原日本军人受到审判，当时的审判记录于 1950 年发表。1982 年 7 月，日语版《审判记录——七三一细菌战部队》（据 1950 年莫斯科国立政治书籍出版局刊印中文版《前日本陆军军人因准备和使用细菌武器被控案审判材料》翻译）出版。在中国沈阳接受审判，后被释放回国的中国归还者组织的联络会（简称“中归联”）出版了《侵略》《三光》等书籍，受审者在深刻反省的同时，讲述了自身的经历。在举办“七三一部队展”时，他们在会场讲述亲身的经历，震撼了参观者。

在中国，在这场攸关民族存亡的战争中，很多人下落不明，寻找他们下落的亲人，对公开的资料寄予了厚望，一直抱着或许能够从中找到线索的希望。听七三一部队罪证陈列馆馆长说，来自各地的询问者络绎不绝。

四、“特别移送”的受害者

在日本统治下的伪满洲国，当地的宪兵分遣队向宪兵队长递交审讯书，被捕者若被认定将来没有利用价值，符合“特别移送”条件，且呈报的报告经关东宪兵队司令官批准“特别移送”，则无需经过通常的审判手续，而被直接送往七三一部队。他们被抹去本人姓名，被称为“马路大”，作为医学材料惨遭杀害。

1938 年 1 月 26 日，“关宪警第 58 号”提出“特别移送”。1943 年 3 月 12 日，关东宪兵队司令部警务部长发布“关宪高第 120 号”特别移送通牒，规定了具体细节。

判断是否符合“特别移送”标准的规定并无被捕者罪状、对罪状的悔改情况的记录。只是将所谓的没有利用价值的人进行“特别移送”（严重处分），送到七三一部队。

七三一部队以石井四郎残忍暴虐的医学犯罪闻名，宪兵通过“特别移送”提供用于活体实验的人。医生所犯罪行与宪兵“特别移送”的罪行，实际是车的两个轮子，我们不能忽视隐藏在其后的军队背景。

上面提到，在哈巴罗夫斯克，七三一部队、一零零部队的原军人受到审判，当时七三一部队第 4 部部长川岛清被问到杀害人数时称，“中国人、苏联人、朝鲜人等，每年不少于 600 人”。我们推测他任期以外所杀害的人数相当，则杀害约 3 000 人以上(估计有5 000人)。

现在，我们关注的是档案记载的关东宪兵队的“特别移送”，可是押送受害者的只有宪兵吗？并非如此，我们后段详谈。

档案内容公开，中方研究者进行了广泛的调查，听取受害者遗属证词。为发掘档案做出不少努力的“七三一部队罪证陈列馆”、黑龙江省社会科学院历史所、吉林省社会科学院的研究者们，在东北、华北展开调查。他们对受害者的遭遇感同身受，我被中方的努力和热情所打动，更为做好接下来的工作充满信心。

根据黑龙江省社会科学院历史所追踪调查出版的《“七三一部队”罪行铁证》中抗日战士“李厚彬”的逮捕记录受到注目。

“李厚彬，别名敬元，当时 32 岁，原籍安东省安东县九连城村。当时住在东安省虎林县（今虎林市）虎林街虎林区 40 号。1937 年 5 月，参加了苏联第 57 边境警备队谍报组织。1941 年 8 月 8 日 10 时，在虎林街四道街被虎林宪兵分队逮捕。8 月 16 日，虎林宪兵分队长长岛恒雄向东安宪兵队长提交‘虎林宪高第 386 号’，称‘目前拘押在此，无利用价值，适合特别移送’。东安宪兵队长白滨重夫阅后批示‘关于此人的处置意见，分队长同意’，关东宪兵队司令官原守同意。8 月 30 日，东安宪兵队长签署‘关于苏谍处置问题的指令’第 868 号，‘根据虎林宪高第 386 号，将苏谍李厚彬特别移送’。”后面还有司令官的签名。

后据社会科学院历史所的调查，李厚彬在原籍所在地东边道中学毕业后，做过小学教师、警察等，1929 年开始与父母在虎林县务农。李厚彬兄弟 8 人，排行老四，当时家里一共 18 口人，住在黑龙江省虎林县伟光乡西山村。家庭和睦兴隆，远近闻名。当年李家开一私塾，教育自家孩子和邻里的孩子。日军占领虎林后，周边一带成为抗日力量活动范围。抗日联军第四军第二师师长郑鲁岩经常拜访李家私塾，给孩子们讲演，教授他们革命歌曲。李一家自然而然受到抗日思想影响，排行老三的李厚春利用屯长身份，为抗日军募集粮食等物资。1936 年，日军实行“集家并屯”，父李德祥率一家搬至虎林县城内，长子李厚璞开设照相馆。李厚彬因为有文化，1931 年任职于虎林公安局。日军占领东北后，李厚彬在伪满洲国虎林县虎头镇独木河警察署任职。1935 年，晋升为警尉，调至虎头镇倒木沟警察署任职，后辞职回虎林街老家经营杂货铺。后因经营困难倒闭，本人及妻儿 6 人寄宿在现住所，与父母兄弟等 24 人同住，一家尚有资产。

1933 年，李厚彬与陶秀文结婚，妻家也是兄弟众多的大家族。1934 年，长子李刚出生，共育有三女一男。李刚说，父亲或许是在倒木沟的时候，秘密加入抗日联军地下组织的，并利用警官身份，为抗日联军提供日军军事信息。

倒木沟事件：虎林抗日斗争史上有名的事件，整个倒木沟的警察都参与了。档案记载：“昭和 12 年（1937 年）5 月，虎林县倒木沟（现通化村）警察署长刘日宣入苏，并以

‘伊曼’第五七边境警备队谍报员身份屡次入满，在倒木沟附近构建谍报网。受该人蛊惑的同党亦入苏活动”。

当时倒木沟一带有中共饶河中心县委员会委员卒于民率领的抗日部队，倒木沟伪警察署长刘日宣及大部分警官、伪军都为卒于民效力。1937 年春，刘日宣事先告密，卒于民率部队讨伐，一团的日伪军被歼灭。后日军得知内情，到倒木沟逮捕刘日宣。刘事先获得消息，带一家越过界河，逃到苏联。日军将倒木沟全体警官调职，李厚彬是其中一人。李厚彬先是被调往下亮子警察署，后又调往密山警察队，再调至平阳镇警察署，屡次调职，终于 1940 年 6 月提出辞呈，回虎林县城内老家，开一小杂货店谋生。可是日本人并没有放过他，一年后将其逮捕。

李刚多次听母亲陶秀文说起倒木沟事件。母亲说，那年春天，日本宪兵队伙同军队包围警察署（警察署大部分人通苏，得知刘署长通苏后日军采取的此行动）。日本人来时，刘署长请同事们吃饭，趁着他们正吃着，刘署长带着家人越过界河逃跑了。日本人得知后大怒，将全体村民集合到院子里。村长说了不少好话，才把村民都放了，但警官受到调职等处分。李厚彬被调至下亮子警察署，并一直受到监视。当地的抗日联军老兵韩玉阳亲口讲述了当时的经历。他当时是抗日军第七军的地下交通员，他的证词与李刚的证词基本一致。

父亲李厚彬被逮捕时，李刚 8 岁，至今忘不了当时的情形。母亲陶秀文为寻找父亲的下落吃了不少苦，李家当时跟虎林宪兵队特务刘文西有些交情，就拜托他帮忙疏通，看能否将人释放。

可是被告知，父亲不但不回答审讯，反而大骂日本宪兵，恐无望释放。逃到苏联的刘日宣返回饶河后，被逮捕后牺牲了。刘署长夫人说，刘署长跨过界河后放心不下，倒木沟警察署全员密通苏联，自己跑了，剩下的人就都完了。李刚说，“父亲可能不是革命家，但也绝不是反革命。”李刚母亲常对他说，“他们总是背着我悄悄地讨论着什么，还为此生过气。你爹说日本人死了活该，净说这不要命的话！他们是不是在秘密商量地下活动呢?”

2002 年 6 月，李厚彬长子李刚、孙子李肇源、孙女李肇泉三人参观平房“七三一部队罪证陈列馆”。

2012 年夏，我们通过社会科学院出版的《特别移送追踪调查》，得知李厚彬遗属的消息，于是前去拜访了李厚彬兄弟 8 人中的老幺、著名医学工作者李厚文教授。新中国成立后，李教授在沈阳中国医科大学从事教学和临床医学。虽然至今我们都没有其兄李厚彬下落的确切证据，但还是想去汇报一下我们工作的进展情况并致以诚挚道歉。

我们有多少觉悟呢? 的确，我们不是直接加害者，但负有加害责任的日本政府至今不承认侵略犯罪事实。听说李厚文教授答应与我们见面，我们更加无法掩饰心慌了。李家在李厚彬被逮捕后，家道中落，因为穷困，家人患病得不到医治，兄弟姐妹先后去世了，这也是李厚文先生投身医学的原因。我们无言地落座后，李厚文教授也安静地坐下。他满头白发，却精神矍铄。

李教授说：“我作为一名医学工作者，很早之前就听说过七三一细菌部队，可是兄长竟是被其杀害的……日军把人当作细菌武器的实验品，毫无人性。不用说违法国际法了，根本就是禽兽的行径。我们医学工作者，用动物做实验，尚且有所顾虑。而七三一部队竟用人体培植鼠疫、伤寒、霍乱等烈性传染病菌，他们是想实行种族灭绝，他们是想灭绝我们中国人。”谈到此，教授气愤至极。

最后，教授对我们说“感谢你们不辞辛苦，挖掘日军细菌战罪证，并告知我真相。”并表示“如需要我做日军罪证的证人，我愿为国家挺身而出。”这不只是李厚文教授一人的想法，而是所有受害者遗属的心声。

矢口会长慢慢站起来，表情沉痛，表达了道歉及追悼之意，说到最后，已泣不成声。

后来，我去日本各地拜访原宪兵。为原宪兵三尾丰出版相关著作的小林节子先生也一同前往。

原宪兵本原政雄证词：

现居于广岛县吴市。1940 年 3 月，进入东安（今密山）市裴德关东军汽车第三连队。1941 年 8 月，任虎头宪兵分遣队勤务、庶务课秘书。1942 年 8 月，任东安宪兵队本部勤务、庶务室秘书。1944 年 9 月，任关东宪兵队司令部勤务、隶属警务部第二课军工生产系。

1945 年 8 月战败后，11 月被关押在西伯利亚伊尔库茨克第五俘虏收容所。1948 年 10 月回国。

当时本原已年逾 90 岁，他看了《“七三一部队”罪行铁证》，指出一些我们所不知道的细节。后来，他认真地给我写了一封信，答复了我这些业务的问题。现在我也到了健忘的年纪，但这封信还是作为参考资料保管得好好的。这封信，其本人的回忆，让我唏嘘不已。很多人都已不在了，他是日本仅存的《“七三一部队”罪行铁证》的证人了。

五、调查还在继续

受害者的期望、研究者的热情，我们将如何传达给加害国日本？必须让右倾化的现日本政府认识到所犯罪行的严重，并将真相世世代代传递下去。

3 000 多人再也没从七三一部队的大门出来，他们的亲人等待着消息。我们应做些什么？光呼吁中日友好，和平美好的未来就可以实现了吗？日本现在只提“友好”，不提过去，并在试图忘记受害者的存在。我们了解真相的人责任重大。

档案公开了牺牲者姓名，给了牺牲者遗属希望。这些陆续公开的资料，让真相大白于天下。即使无法证明姓名是否真实，但在真相面前，加害者应深刻反省并道歉。被关进七三一部队的人，被剥夺了长辈赋予的名字。现在有了确凿的证据，愿还他们以真实姓名，让他们认祖归根。资料是我们强有力的武器，我们要一直战斗下去，直到日本由衷道歉并承诺不再发动战争。在此仅举李厚彬一家一例，希望将来有机会能将中国研究者汗水的结晶全部发表。因为很多人同名同姓，有的遗属无法确认，但这并未阻止研究人员的调查取证，现在，许多相关人员仍在不断地奔赴各地调查，为真相而不停奔走。

黑龙江省、吉林省先后出版档案《“七三一部队”罪行铁证》，所记载的宪兵“特别移送”受到关注。但负责押往七三一部队的只有宪兵吗？不，在抚顺战犯管理所的供述中，“特别移送”之外，还有保安局相关人员的证词。据《伪满宪警统治》记载，为与苏联作战，保守军事机密，完善情报工作，关东军在“满洲国”政府成立专门的防谍、谍报、密谋组织，并于 1937 年 12 月 27 日正式成立中央保安局，次年，设立下属组织地方保安局，与关东军第二课秘密联络。

1954 年 8 月 26 日，原边境警察队队长原口一八在被问及在兴安北省地方保安局（分室）的任务时供述道：1940 年 10 月至 1943 年 3 月的 2 年零 4 个月间，按上级命令指示保安局（分室）防谍机关及各边境警察队，以通苏嫌疑人名义，先后逮捕中国人 70 余名，苏联人 6 名，蒙古人 15 名共计 90 余名。审讯后，按中央保安局指示，杀害 21 人，押送哈尔滨石井部队 40 人，押送阜新煤矿做劳役 5 人，策反特务 1 人……（据中央档案馆等编《伪满宪警统治》，中华书局 1993 年版，第 795 页记述）。

第九章　关注遗弃“毒气”
帮助中国受害者

一、初次了解“毒气弹”

1992 年年末，黑龙江省社会科学院步平先生寄给我一份《中国减灾报》。报纸一整版都是介绍战争期间，日军在各地使用毒气弹、七三一部队进行人体实验的报道。记者的名字是金雷。

后来我同步平先生到北京拜访记者金雷。当时我们刚刚开始调查，到各地访问需要各方面审批。由熟悉各地情况的记者金雷陪同，步平先生与各方面交涉，一手承担了各种繁杂的手续。考虑到地理与天气因素，我与步平先生、摄影家相马一成准备第二年开春访问哈尔巴岭。因为当时真相无法在日本公开，当地拒绝了媒体采访。而通过各方反馈信息得知此计划前来报名的人，比当初向中方申请的人数多了很多，其关注度可见一斑。

哈尔巴岭位于通化省（今吉林省），近朝鲜边境，是人迹罕至的山区。1933 年 7 月 1 日，伪满洲国政权设立通化省，辖通化、集安、临江、辉南、柳河、金川、抚松、长白、蒙江 9 县，地域大概位于今吉林南部。此地古称东边道，南以长白山、鸭绿江为界，东以图们江为界，与朝鲜接壤。前章已述，1947 年 4 月至 1948 年 9 月，我在附近名叫石人（现吉林省白山市江源区）的地方工作过，白雪覆盖的幽深的森林仿佛是山的守护神一样伫立在我的面前。

这里人口稀少，耕地贫乏（据说耕地面积仅占当地所有土地面积 6%），日本资料记载，此处过去多为匪巢，史书称“杨靖宇将军率领的反满抗日强大势力曾支配过此地。”此处地下资源丰富，日本成立东边道开发株式会社，开发地下资源，全力掠夺。关东军及伪满洲国政府在战局恶化后辗转至此，而后遭遇战败。

战后，伪满洲国皇帝溥仪在通化省大栗子举行退位仪式后预示伪满洲国覆灭。此地高山环绕，密林中野雉飞舞，山清水秀，若没有狰狞的侵略者遗弃毒气弹，幽静自然的风光，定会让人流连忘返。

1. 沉睡在哈尔巴岭的“毒气弹”。

考察者的脚步声、风声好像都被吸进了雪里，无声的世界。“快到了!”人们喘着气，望向山顶。向导说，“这是一号坑”。积雪里露出四五枚炮弹，“毒气弹!”，一种阴森的感觉瞬间袭来。我们用带着厚重手套的手拭去积雪，看不见引信，但依稀可见有条黄杠。20 世纪 50 年代，附近的人曾被召集起来，将散落在各地的毒弹放进竹篓里，在寒冷的冬季，他们脚下打着滑，艰难地将这些毒气弹背到指定的坑里。不少人脚下一滑，毒弹从篓里掉出来，毒液溅到身上，伤病终身不愈。

这是日本战败后留下的罪证。日军违反国际条约制造使用生化武器，战败后将之遗弃，埋在地下，丢到河里后溃逃了。享受着胜利喜悦的老乡们，还没来得及感受和平，就受到了恶魔般的毒气弹的伤害，战后半个多世纪过去了，他们有的至今还无法从伤痛中走出来。

20 世纪 90 年代，中国政府要求日本政府处理遗弃化学武器。1993 年，130 个国家签署了《禁止化学武器公约》，1996 年，中国的遗弃化学武器受害者状告日本政府，1997 年 4 月，《禁止化学武器公约》正式生效。日本是该公约签署国之一。

1999 年 7 月 30 日，中日签署《关于销毁中国境内日本遗弃化学武器的备忘录》，2000 年 9 月，黑龙江省北安市开始首次小规模挖掘作业，处理作业由此进入具体阶段。2010 年 10 月，开始通过移动式处理设备进行销毁作业。

2. 从遗弃弹看中国战场。

20 世纪 30 年代初，日本大久野岛忠海兵器制造所、曾根制造所将毒气运往中国本土，开始在中国东北进行人体实验研究，实施正规化学战教育训练。特别是考虑到“对苏作战”，在东北研究不冻毒液，进行冻伤实验，并同时研制供自己使用的防毒面具、防毒服。昭和 8 年（1933 年）秋，远藤拜访军医石井四郎的实验室。实验室位于哈尔滨与吉林之间，靠近拉林的一个名为背荫河的穷苦村庄。他在日记里记载了毒气实验：“11 月 16 日（周四）晴，上午八点半，我同安达大佐、立花中佐一起到交通中队实验场视察实验情况。第二班为毒气、毒液实验，第一班为电击实验。匪贼各……人（记载不明），二（人）一组。将光气注入毒气室，等待五分钟，引起重症肺炎，从昨天到现在还活着。注射氢氰酸 15 毫克，约二十分钟后失去意识。用二万伏高压电电击数次，没死，最后通过注射杀死。第二个人，用五千伏高压电电击数次，没死，最后连续电击几分钟，烧死。”“下午一点半，乘列车返京（新京）。夜，与塚田大佐交谈至午夜十一点半，躺在床上无法入睡。”远藤作为身经百战的军人，受到实验的冲击尚且无法入睡，日记中记述下了他的苦闷。后来还记有关于石井给诺门罕的士兵补给净水的感受等。1939 年年末，远藤三郎视察七三一部队时，对石井大佐表示敬意说，“较 1933 年的背荫河真是今非昔比啊。”

远藤三郎在战后解甲归田，誓言“反战”。如果日本没有发动侵略战争，这些官兵们将拥有截然不同的光荣未来，或许会成为热爱土地并内心充实的农民，享受着丰收的喜悦。远藤不同于其他很多将军之处还在于他多次反省说：“不论是核武器还是细菌武器，都是因为惧怕对手拥有更强大的武器而拼命开发出来的。即使条约禁止，战争和军备也将不断升级，这是令我痛彻心扉的体悟。我们不应再继续拥有武器了。”在我看来这算是远藤的赎罪吧！

远藤三郎著述的《中日十五年战争与我》中记载：“1932年，秘密继任石原莞尔大佐，赴背荫河东乡部队视察，实验品为哈尔滨监狱死囚，但即便是死囚，即便是为了国防，也太过于残忍，我简直不忍直视。死者最后被用高压电炉毁尸灭迹。”

关东军早在1933年就开始了有关光气和氢氰酸的人体实验。“北满极寒地试验”结束后，关东军在销毁残留的含有氢氰酸的杀虫剂时，发现氢氰酸气体在地表雾化，导致鸟类死亡。而在第一次世界大战时，人们一般认为，氢氰酸在室外会瞬间扩散，难以产生致死效果。可是氢氰酸液体气化需要热量，当周围温度较低时，其在地表不易挥发。陆军注意到这个现象，开始着手研究氢氰酸毒气弹。国际联盟劝告日本政府撤出中国东北，而日本却于1933年3月退出了国际联盟。

1931 年 7 月，关东军化学部改组，其第二部继续进行陆军化学武器研究，并相继将各种毒气弹、投掷瓦斯、瓦斯发射筒装备化。日军对毒气进行研究和教育训练，为不被欧美国家赶超，他们高度重视毒气弹实战演习，在群马县相马原陆军演习场，士兵被分为三组：（1）防毒装备全副武装（2）薄橡胶防毒装备（3）仅装备毒气面具、橡胶手袋，演习突破芥子气毒气区。当天十分炎热，芥子气挥发后部分雾化，风一吹，极其危险，演习结束后，连续发生多起芥子气伤害事件。据记载，打着“实地实物体验主义”的口号，日军还对事先毫不知情的普通大众进行实毒演习。

日军在东北举行实毒演习，对普通村民未进行任何说明，导致多起受害事件发生。特别是在上述背荫河、平房区，惨案更是接连不断。其与五一六部队联合进行日常毒气人体实验。

我们自哈尔巴岭开始，一路向北，在孙吴、齐齐哈尔、佳木斯等地探访受害者信息。在人民当家做主的新风气下，中国社会蓬勃发展，可是侵略者遗弃的恶魔毒气弹，还在伤害着无辜的人们。我为此难过不已，灭绝人性的实验曾经出自我的同胞之手，他们应当忏悔。

在华北战场，日军将东北作为兵站基地，试图将华北变为“第二个东北”，并进一步掠夺整个中国。日本企图建立第二个“满洲国”，可是，在共产党军队活跃的华北，日本人的图谋当然不会得逞。破坏、杀戮、掠夺，激起了民众的愤怒与反抗，人们纷纷加入共产党。1940 年 9 月，独立混成四旅的片山旅团长指示了“烬灭”的目标及方法：杀戮敌人及伪装成乡民的敌人、有敌意的 15 岁以上 60 岁以下男性居民。没收、搬走、（无法搬走的）烧毁藏匿的武器、弹药、敌人的粮秣、敌人的文件；烧毁、破坏有敌意的村落。这就是“三光作战”的开始。1941 年 7 月，日军军事情报全体会议指出：“共产党的军事力量并不足惧，扰乱治安的主体是被共产主义煽动的民众，这才是主要敌人。”日本甚至默许杀戮、掠夺、放火、强奸妇女等违反战时国际法的非人道行为。日军的作战方针是“使敌人将来无法生存”。民众能够忍受如此暴行吗？这不是军队，而是强盗集团。

1942 年 5 月 27 日至 28 日，日本陆军一一零师团第一六三连队（松江连队长上坂胜大佐）第一大队制造了河北省北疃村惨案，对在地道里避难的中国军民使用国际法禁止的毒气“赤筒”（一种毒气）进行屠杀，杀害中方军民 800～1 000 人。很多人中毒而死，或因无法忍受毒气爬出地道而被刺杀或枪杀，还有很多人因日军包围村庄被炮炸死或被枪打死。

日本士兵证词：在北疃使用毒气“赤筒”进行歼灭战，日军都戴了防毒面具。歼灭战后，挨家挨户清除残党。扒开农院的稻草，发现了地道入口，因不敢进入，使用了“赤筒”。毒气比空气重，自然下沉，进入地道。我们总是带着“赤筒”，部队都配备有“赤筒”和“绿筒”。战后，在河南省洛阳，部队为毁灭证据将它们都烧掉了。“赤筒”毒气有刺鼻的辣味，闻了以后会剧烈地流眼泪，打喷嚏。战斗后日军“总结战果”，死尸300具，俘虏64人，缴获迫击炮6门，炮弹24枚，步枪217支，子弹3 224枚，还有铁剑、手枪、手榴弹、地雷、马匹等。北疃“讨伐”结束后，（从附近村落抢来马车）满载而归回到定县城内。

居民证言：我成为俘虏被关进教习所，受到严密监视，为了不让中国人逃跑，他们在周围挖了深坑。我在石门劳工教习所（后来的劳工训练所）被关了38天，后被用货运列车送到东北煤矿，我做了不少斗争，最后在同乡的帮助下返回家乡。北疃村的抗日活动因此受到很大打击。县大队大部分人牺牲，其他人突出日军包围后流落在各地。日军大肆宣传八路军和县大队被消灭的虚假消息，最初，民众士气有些低落，可是并未屈服，不久抗日活动又活跃起来。敌人（日军）的三光政策越是残虐，民众对侵略者憎恨的怒火烧得越旺，舍生忘死地加入了抗日斗争。据说，半个月后，活下来的人陆续回到县里，总结之前的经验，一直战斗到日本投降。其艰苦程度可以想象。

1942年春夏，日军对华北各抗日根据地进行了空前的大扫荡，实行没有人性的三光政策。最惨烈的有冀南（河北南部）“四二九大扫荡”、冀中（河北中部）“五一扫荡”及太行“五月扫荡”，仅冀中就有5万军民被杀害、逮捕，被捕者大部分被送往石门劳工教习所，分班以训练为名做苦力。据说此地平时关有3 000 多人，最多时达5 000 人。

这里面有各种规矩，“看见日本人要行礼，不然扇嘴巴”，“逃跑被抓回来就押入水牢，里面既不能坐，也不能睡觉，漆黑一片，不给食物。”一天，被关在一起的人发疯了，大喊“快跑！快跑！”，而后就突然死了。

在劳工教习所，每天被逼着高喊“打倒八路军”“为天皇努力工作，欢迎投降日军，有白米白面吃！”（所谓思想改造）每天吃饭时，教育课长高喊“打倒八路军”“日华亲善”“建设新秩序”“拥护新政权”，并要求全员附和。我们内部的抗日干部并没有屈服，而是教导大家“吃饱肚子，搞破坏，怠工，并要善于怠工。”当时，河北各地都有集中营（训练所），据说比较大的有20 所。特别是战线扩大到太平洋后，由于日本国内和东北开发资源的人手不足，日军更是无视国际法，劳工们被残酷地强制劳动。

二、遗弃化学武器处理问题

1. 日军遗弃化学武器处理问题始于《禁止化学武器公约》生效前的中日交涉。

1990 年 8 月，在拟定《禁止化学武器公约》的裁军会议上，中方称，侵华日军在中国（主要集中在东北）遗弃了大量化学武器，要求日本政府协助处理。1991 年 1 月，中日政府举行首次磋商，日本政府承诺协助。其时，中方表明基本态度称：日军毒气弹问题属于国际犯罪，回收处理遗弃毒气弹是日本国家责任，期望尽早解决，并称牡丹江、石家庄、特别是敦化埋有大量遗弃毒气弹。对此，日方则表示：这是一段不幸的历史，但关于毒气弹的认识与中方不同，按照惯例，应由发现国处理。

1991 年 6 月，日本政府首次向敦化地区派遣调查团，了解哈尔巴岭的埋藏情况及敦化周边的毒气弹遗弃情况，听取受害者证词，并证实敦化周边尚有大量未发现的毒气弹（后面还要提到的敦化审判上，受害者辩护律师称，“若是当时调查得更彻底些，此次受害本是可以避免的”，其成为法庭上的一大争论点）。中方还说明了南京、辽源等地的情况。

1991 年 12 月，中日政府进行磋商时，中方称，遗弃毒气弹共计 200 多万枚，分布在中国 8 省 20 个地区，其中，敦化 100 万枚，图们江 20 万枚，梅河口 5 万枚。日方对哈尔巴岭遗弃毒气弹 100 万枚提出质疑，要求更加详细的书面答复。1992 年 1 月，中方提出报告《日本遗弃化学武器发现情况及现状》，其中记载了遗弃化学武器处理及临时处理情况；遗弃化学武器未处理但情况明晰的；遗弃化学武器可能埋藏的地点及数量。

在 1997 年《禁止化学武器公约》生效前，中日共进行 13 次现场（牡丹江、抚顺、富拉尔基、南京、尚志等）调查、3 次官方磋商、3 次专家会。在会议上，日方希望探讨优先顺序，并主张可协助调查，但在中国进行自主调查有困难。对此，中方表示，希望日方进行自主调查，并称“各地情况千差万别，但都非常紧急”。在专家会上，调查的优先顺序成为主要课题。直到1997 年 4 月，《禁止化学武器公约》生效。

2. 《禁止化学武器公约》生效，中日开始共同处理遗弃毒气弹问题。

1997 年 4 月生效的《禁止化学武器公约》规定：原则上，遗弃化学武器应在 10 年之内销毁完毕（最多可延长 5 年），遗弃国有义务提供资金、技术、专家、设施等，并协助处理（此项条款是在中方的强烈要求下加入的，明显是针对侵华日军遗弃在中国本土的化学武器）。1999 年 7 月，中日签署《关于销毁中国境内日本遗弃化学武器的备忘录》。基于对其紧迫性的认识，为尽早解决问题，备忘录规定了忠实履行义务、协助资金、协商处理地点及设施建设，协商销毁对象及期限，由中日联合工作组制订计划等 6 项内容。

1999 年 6 月开始，每月举行一次中日专家会，日方设立“遗弃化学武器处理对策室”，后改称为“处理担当室”，中国设立相关事宜办公室，开始了各地的发掘、回收工作。

3. 战后 50 年的活动。

在说明“遗弃化学武器处理工作具体进展情况”前，不得不先介绍一下战后50年的活动，即1995年前后，日本国内外关于毒气问题的相关事件：国会答辩、中日历史研究者相继发表著作、东京地铁沙林毒气事件、七三一部队细菌战哈尔滨座谈会（遗弃毒气弹受害者的证词激起巨大影响）、中国遗弃毒气弹受害者审判等多起毒气武器直接、间接相关事件，日本ABC企画委员会（当时为七三一部队展、毒气展的各实行委员会）的展出活动深刻地反映了事件真相，并为相关的处理工作做出了不少贡献。

4. 毒气问题国会质询。

战后50周年，日本侵略战争责任问题引发热议。中方强烈要求《禁止化学武器公约》明确日本遗弃化学武器处理问题。在此背景下，1995年4月和6月，在参议院外务委员会上，外务大臣河野与在野党议员立木洋就战时日军毒气问题进行答辩。立木议员提出历史研究者认真收集整理的资料，包括开发、制造毒气数量，大本营违反国际条约指示在中国大陆使用毒气情况，实战部队实行报告情况，战败时遗弃武器的具体数量等，要求日本政府确认。对此，外务大臣基本承认其事实，称在条约生效后，也将认真对待遗弃化学武器处理问题，并委托防卫局厅局长秋山确认具体情况。但秋山却答辩称：承认使用了“非致死性”毒气，但“致死性”毒气资料不充分，无法确认。

“致死性”“非致死性”是当时刻意生造出来的词汇，并非正式概念。日军在室内、洞穴等密闭空间使用“赤筒”（诱发打喷嚏的毒气弹，政府将其划分为非致死性），残杀了无数民众。我们在山西省进行现场调查时，听取了很多证词，受害者们激烈地进行了反驳。而1983 年被发现的陆军习志野学校的《支那事变中化学战例证集》、1995 年前后相继出版的历史研究案著作、芥子气等糜烂性毒气弹实战使用案例等更是不胜枚举。

近年，处理担当室与日本 ABC 企画委员会曾举行恳谈会，从中我们得知，将毒气区分为致死性、非致死性的国会答辩至今还作为日本政府的正式表态，而现在遗弃化学武器处理的主要对象是芥子气弹（政府区分为“致死性”），这一矛盾，让我们了解到原侵华日军、防卫省、日本政府根深蒂固的隐瞒事实真相的习气。而这正是处理工作亟待加强的根本所在。

日本 ABC 企画委员会代表与遗弃毒气处理担当室交涉现场（右五为山边悠喜子女士）

5. 地铁沙林事件毒气问题。

1995 年 3 月发生的东京地铁沙林毒气事件震惊世界。奥姆真理教狂热信徒发动无差别恐怖袭击使用的沙林毒气，是原侵华日军未开发成功的神经性毒气，致死效果是芥子气的数倍。大宫化学学校出动部队进行回收、救护、防毒，若该校秘密研制的防护具、药品早些投入救援，本可防止受害扩大，为何姗姗来迟呢？我对此深表怀疑。

在即将签署《禁止化学武器公约》之际，不用说使用，开发、储存都是被严格禁止的。虽说是以防卫为目的而准许吸纳了大量原侵华日军毒气相关人员进入的化学学校进行秘密研发，但仔细想来还是令人感到震惊。（以防御为目的，开发比对手更强大的武器，开展军备竞赛，这是他们历来承认的历史铁律。）近年，化学学校储藏的化学武器的危险性，日益引发周边居民关注。而负责全权指挥应对沙林毒气事件的大宫化学学校原校长，现在是遗弃化学武器专家会最有影响力的成员。他熟知化学武器知识，是专家会的领军人物。后面还将提到，该会提供的资料、委员的质疑内容，都已公开，这成为日本 ABC 企画委员会活动的重要信息来源。

6. 中日遗弃毒气弹处理工作的回顾与展望。

（1）前期工作。前面提到，1997 年《禁止化学武器公约》生效，1999 年中日签署备忘录，日本成立处理对策室，开始处理原侵华日军遗弃在中国的化学武器。当时，中国各地进行了多次发掘调查，处理设备的开发等准备工作也在进行，不过在设备开发企业投标阶段，发生行贿受贿问题，致使实际工作的开展极其缓慢。很多埋在土里多年的化学炮弹，虽然引信已被取下，几乎没有爆炸危险，但腐蚀性化学试剂仍有可能泄露，安全处理的技术还不成熟，开发企业的竞争也异常激烈。大量遗弃在中国的化学炮弹将由日本处理的消息传开后，相关业界（主要是战时的军工企业）都认为这是有利可图的市场，纷纷摩拳擦掌。而负责此项工作的政府部门因缺乏相关知识经验，以致招标阶段成为贪腐的温床。当时，甚至有企业想通过日本 ABC 企画委员会介绍他们开发的超高温度处理技术。

处理技术的开发，本应委托相关的规模较大的军工企业，可是，政府负责人缺乏知识经验，管理上也存在漏洞，以致被钻了空子，贸易公司也来凑热闹，转包投标，官商勾结，问题频发，工作场面混乱，导致工作进度延迟停滞。最后事态甚至发展至刑事案件，还上了法院。为增强处理工作的透明性，2008 年 9 月，日方成立了专家会，由负责处理的官员汇报工作经过，听取专家意见，工作至此才渐渐上了轨道。专家会的会议纪要和提出资料都在网络公开，我们市民团体可以了解到工作进展情况和问题点。同时，通过与对策室座谈，我们的活动取得了很大进展。

在一片混乱中，右翼记者攻击说：“签署《禁止化学武器公约》，承诺处理遗弃化学武器，是日本对中国外交的败北”，说他们是一帮浪费国民税金的卖国奴。对此，我们反击称：“处理侵略战争的负面遗产是日本责无旁贷的义务。应妥善管理处理经费，并严格进行会计审查。外交败北论，完全无视了日本国内同样有着遗弃化学武器之害，我们同中国一样，迫切需要处理技术。”

幸运的是，中国的处理工作并未因受到攻击而停滞，“若不签署《禁止化学武器公约》就没有处理遗弃化学武器的义务”的思想，在受害者申诉的判决理由中也被引用，负责处理工作的官员对此的认识也是根深蒂固，这让我们痛心疾首。为隐瞒在战争中使用毒气的行为而遗弃毒气弹，致使战后无数人受害。我们要唤起人们的责任意识，打破仅仅是为履行《禁止化学武器公约》而不得已处理遗弃化学武器的思维定式。

我们每年与政府处理对策室进行两次恳谈会，为解决问题而时刻努力着。我们最大的希望是尽早完成无害化处理，让人们摆脱危险，并补偿遗弃毒气武器受害者。受害者的补偿问题，由外务省出面解决。而伤害事件主要发生在遗弃毒气弹的发掘、回收工作中，中国官方通报的对应窗口部门却是外务省。我们认为，发掘、回收、处理是一个整体工作，对此官僚作风我们感到非常不满。与外务省恳谈时，我们听取其情况报告后，向其传达了我们的意见。

（2）南京移动处理工作的展开。2008 年，中日双方就移动处理工作达成共识。哈尔巴岭以外的中国各地的遗弃毒气弹将由移动处理设施依次处理，长年停滞的处理工作终于启动了。同时，双方还明确了处理工作的问题点以及今后的展望。20 世纪 90 年代末开始的处理工作的最初课题是研发处理技术，神户制钢社的加热爆破式移动处理被采用，南京自 2010 年 10 月开始至 2012 年 6 月结束，共处理毒气弹 35 681 发。

其后，处理设施将移动至石家庄、武汉，预计至 2015 年 3 月，分别处理毒气弹 1 400 发、260 发。接下来还将到南方的广州以及北方的哈尔滨进行处理。广州预计处理 300 发左右，虽然不多，但处理地点的选定并不容易。在哈尔滨将集中处理东北各地的遗弃毒气弹 5 000 发左右，设施规模大，建设工作正在进行。

南京的处理工作虽然没有出现大的问题，但无法进行无害化处理的含有残留砷的 56 吨危险废弃物尚保存在密闭的炮弹保管库中。围绕最终处理问题，中日双方协议尚未取得进展。与核电站废弃核燃料最终处理一样，现在只能密闭保存，这将成为后代的负担。因此中方要求带回日本处理。

（3）困难重重的未发掘地区回收，距离完成移动处理目标距离尚远。南京处理结束，石家庄、武汉、广东处理后，将在哈尔滨进行处理。为完成在中国各地的移动处理工作，必须抓紧未发掘未回收地区的工作。这些地区在 2005 至 2008 年陆续发现遗弃毒气武器，一部分回收了，但大部分回收困难。困难的原因很多，毒气武器散落是其中较为严重的问题，敦化市的人口密集地区，珲春的广阔山区，佳木斯的松花江底，尚志的农田间、养殖场附近的广大地区等，这些地区的回收计划还在讨论阶段。

2014 年，在天津港湾建设现场及太原住宅建设现场又发现遗弃毒弹，这些也将通过移动处理设施处理，料想今后还将陆续发现，从发掘到回收直至最终处理，工作的长期化不可避免。中日双方的努力目标是按禁止化学武器组织的要求延长 5 年，即 2012 年内完成，可是未发掘地区的回收工作还在进行，且困难重重，恐 2017 年也无望完成。所以，必须再次延长期限。

（4）哈尔巴岭试处理开始。2014 年 12 月，日军遗弃毒气弹最多的哈尔巴岭启动试处理工作。处理技术有两种，一种是在各地有移动处理实际经验的神户制钢爆破燃烧方式，另一种是新引进的川崎重工的加热燃烧方式。十余年来，各路专家学者们在调查的同时，发掘、回收机械化装置也已完成，其与处理装置的对接，与电源及急救医院等基础设施的整合也已完毕，处理装置终于可以试运转了。

1949 年中华人民共和国成立后不久，人们将散落在各地的大量日本遗弃毒气弹集中投入到两个游泳池大小的坑里，并用土掩埋。如今半个多世纪过去了，毒气弹都锈在了一起，数量无法确定，几经调查、试发掘回收，自动装置终于完成了。这一过程艰难而复杂，处理装置和发掘回收装置的有效配合至关重要，既要避免发掘回收过快，导致仓库积压，也要避免发掘回收过慢，导致处理设备闲置。

2014 年 12 月，专家们根据试运转结果，决定采取爆破和加热两种方式，1 周可处理毒气弹 56 发。以此类推，1 年可处理 3 000发左右。根据现阶段调查推测，哈尔巴岭约埋有 40 万发毒气弹，以现有设备，处理完需要100 年。若在10 年内完成，必须大幅增加处理设备、发掘回收装置及基础设施。

（5）处理工作迎来关键时期。2012 年，根据禁止化学武器组织受理处理期限延长申请，哈尔巴岭应在 10 年之内结束处理工作，并在 3 年之内提出处理计划，2015 年是期限。在上述实验结果的基础上，如何制订计划值得深思。战后 70 周年之际，承担未尽的战争责任成为中日间最重要的课题。而对日军遗弃化学武器的处理是目前最重要的课题。哈尔巴岭的大幅增设计划能否成行？战时，日本陆军在大久野岛，海军在平塚，强行制造毒气弹，投入巨额资金，征用劳工和男女学徒，导致很多伤害事件发生，却仍一意孤行。现在，处理工作必须保证安全管理，并拿出比战时更积极的态度。耗时 10 余年，哈尔巴岭才达到今天的规模，并且要进一步大幅扩大规模。

同时，哈尔巴岭以外，中国各地的未发掘回收工作也面临各种困难，必须大幅增加现有设施，尽早完成处理工作。值此战后

70 周年之际，哈尔巴岭开始了正式处理，处理工作迎来关键时期。

向遗弃化学兵器处理担当室递交“要求书”，敦促其“尽早安全处理”

我所熟知的日本 ABC 企画委员会，是日本市民运动中最早接触原侵华日军遗弃在中国的化学武器的处理问题的。我们与政府人士举行定期例会，听取进展情况，并敦促其尽早安全完成。我们将进展告知市民，使其加深理解，并寻求其支持。今天，处理工作迎来关键时期，我们应继续做出更大的贡献。

三、摄影家眼中的毒气战及遗留现状

作为摄像师，相马一成先生的足迹遍布日本广岛县竹原市忠海町“陆军造兵厂火工厂忠海兵器制造所”、福冈县小仓“曾根兵器制造所”、千叶县“陆军习志野学校”、中国东北哈尔滨郊外、哈尔巴岭、齐齐哈尔、山西省各地。他走访受害者，听取原侵华日军士兵证词，拍摄并保留珍贵的照片，记录下重要的证词。

1. 半个世纪后仍不断发生的受害事件。

众所周知，侵华日军撤退前，在中国东北进行了毒气实验，并在各地战场使用。战败后，日军将大量炮弹、毒液遗弃在东北各地，致使受害事件频发。据中方不完全统计，日军在中国战场使用毒气 2 000 次以上，死伤者约 9 万人以上（其中死亡约 1 万人以上）。而遗弃了大量军事物资的敦化市，在日军军事占领时期，是军事要地，并设有指挥机关，驻有军队。现在的敦化市民政局局长陈延生先生当时是列车司机，他回忆说："1945 年 1 月至 8 月，每天运送弹药 4 班（每班 38 节车厢）。没有仓库，只好露天堆放，堆积如山。"在 1951 年至 1952 年，为防止东北各地民众受害，中国政府设立"日本遗弃炮弹处理委员会"，将炮弹集中进行爆破处理，其中的毒气弹是导致工作中发生事故的罪魁祸首。后来"日本遗弃炮弹处理委员会"更名为"日本遗弃毒弹处理委员会"，毒气弹收集处理工作继续进行。1990 年，中国政府要求日本政府销毁处理毒气武器。1997 年 4 月，《禁止化学武器公约》生效，日本政府在条约生效前已经开始了在中国的调查。据估算，敦化市哈尔巴岭埋有 70 万发炮弹。

摄影家相马一成在七三一遗址（2015 年 8 月新华社）

战败时，很多炮弹被秘密埋入地下或投入河里，具体地点至今不明。直到出现受害者，人们才能知道这里是遗弃场所。

中国“日遗废弹处理委员会”收集的毒气弹，1951 年于哈尔巴岭摄（金雷　提供）

2. 日军进行残酷的人体实验研究。

陆军造兵厂忠海兵器制造所制造毒气，1933 年，日本化学战研究机构“陆军习志野学校”创立。该学校毕业生被分配到各地，进行毒气战的实施教育。

关东军“第五一六部队”是进行武器实验、研究的专门部队，并多次进行类似七三一部队的人体实验。不光是哈尔滨平房区“关东军满洲第七三一部队”进行细菌武器实验研究，五一六部队也同样进行相关实验。战败时，为销毁细菌实验证据，秘密将监禁的实验材料（当时称其为“马路大”）全部用毒气杀害，同时将所有实验室破坏。尽管如此，毒气还是留下了蛛丝马迹。“毒气发生室”“毒气贮藏库”两个建筑地下相通。在殖民统治下饱受虐待的人们，在日本战败后没有居所，而临时住在此处。这也变相地保留了这个证实历史的遗址，遗址与毒气发生室之间的锅炉室有标志性的三根高耸的烟囱，看着它们长大的当地年轻人称，听父辈们说起过那紧闭着的门里发生过的悲惨往事。

曾根制造所的排气塔遗址（相马一成　摄）

相马称："90 年代，一直郁郁葱葱的榆树不知为何突然变成令人恐怖的白色，好像白骨，平房区极有可能埋有毒气弹。"

若真埋有毒气弹，外部腐蚀毒液泄漏会怎样……想想就恐怖。黑龙江省已经开始处理毒气弹，但愿地下、河底埋藏的毒气弹永远从地球消失，不要再伸出恶魔的毒牙。

3. 《禁止化学武器公约》生效。

日本有义务处理遗弃化学武器。1997 年 4 月 29 日，《禁止化学武器公约》生效。根据 1925 年的日内瓦议定书，战时全面禁止使用窒息性毒气等（日本签署，但直至 1970 年才批准），1966

年第21届联合国大会就裁军问题通过决议，谴责使用生化武器，禁止开发、生产、储藏。裁军会议于1992年9月向联合国大会提出报告并通过。日本于1995年9月15日批准。

《禁止化学武器公约》共计24条，其明确了日本销毁处理中日战争时期遗弃在中国各地的毒气武器的义务。

最棘手的是，彻底销毁化学武器的技术尚不成熟，美国、德国等国也在进行销毁作业。但相比较而言，遗弃在中国的化学武器是日军败退时遗弃的，炮弹种类繁多，被丢弃到山川湖泊中，腐蚀严重，处理工作更加复杂。

条约以10年为期限，可是散落在各地的遗弃弹位置尚不明确。据说当初政府的预算为2兆（约2万亿）日元，可是日方的对应体制尚未明确。

1999年4月1日，各部门联合在总理府（现内阁府）设置“遗弃化学武器处理对策室”。2000年1月，中方设置“日本遗弃化学武器问题处理办公室”，就销毁工作与日方密切沟通。

1999年7月30日，中日两国签订《关于销毁中国境内日本遗弃化学武器的备忘录》，开始了销毁相关化学武器的实质性工作。

当初中方考虑到处理工作量大，处理工作中存在危险性。因此有意见称，既然是日本带来的，“日本应带回去处理”，可是考虑到运输的困难和危险，最后决定在中国处理。

相马称：“之前，我们对毒气一无所知。可是‘沙林毒气事件’让我们认识到毒气的恐怖。半个多世纪前，侵华日军大量制造并在中国使用毒气武器，使无数平民受害。战败时，日军为隐瞒违反国际法的行为，将之遗弃于山河逃跑了。今天，毒气还在伤害着中国人民，夺去了他们一生的幸福。”在我们看来，即使不存在条约，销毁、处理遗弃毒气弹也是理所应当的。

4. 嫩江大桥。

齐齐哈尔是黑龙江省仅次于哈尔滨的第二大城市。曾驻有毒气部队关东军科学部，即“满洲第五一六部队”。原屯驻地现在是一间工厂，已没有当初的影子了。地上残留的混凝土让人联想到这或许就是当年的卫兵所遗迹。

据说现今的民宅过去是日军的，屋顶上有楼梯。从屋顶向远处望去，能看到绿油油的田野。在这儿我们可以确认迫击炮（将毒气弹填装进迫击炮发射）的落弹地点，并观测烟的流向。表面上看是迫击炮部队，可是五一六部队还辖有大规模毒气练习部队五二五部队、五二六部队。当时隶属于五二六部队的舆水幸雄回忆起当时称：“我们进行了人体实验。有俄罗斯白人、八路军战士、十二三岁的孩子，还有女孩子。当时，日本人蔑称中国人为‘清国奴’，不把他们当人。‘日军强大，理所当然’的感觉。他们被投入毒气室，通过小窗观察他们吸入毒气后多少秒死去。死后内脏用福尔马林浸泡，制作吸入毒气肺变成什么样，心脏变成什么样的标本。我没见过军医解剖，但见过标本。实实在在认识到了毒气的恐怖。战败前，我们接到在哈尔滨与苏军战斗的命令。我们将毒气弹运至哈尔滨。毒气弹每箱两枚。箱子分别贴有红色或黄色的标签。战败时，我们被命令将之埋入大队本部前的战壕里。”

舆水接到军令埋藏毒气弹的场所，现在难以寻觅了。哈尔滨这座大都市的某处埋着毒气弹却是事实。什么时候会现形呢？埋在地下的弹体腐蚀后，毒液很可能会渗入地里。之后又会对土壤、居民生活产生怎样的影响呢？我很是担心。

战败时，还有大量毒气弹被遗弃在齐齐哈尔市嫩江，五一六部队队员对此作证时说。嫩江宽约有 1 000 米，50 年后的今天，已无从寻找。（大队本部位于哪里？但愿还未发生人员受害的情况，应尽快确认线索。前章也说明，2015 年开始在黑龙江省一带进行调查处理。根据舆水的证词，相马的愿望能实现吗？）

原侵华日军遗弃毒气弹的嫩江大桥（相马一成 摄）

5. 忏悔：我使用了毒气弹。

中归联（中国归还者联络会）是在中国接受教育的战犯们回国后成立的组织。对在侵略战场上烧杀抢掠，犯下滔天罪行的战犯们，中国政府并未进行报复，而是施以人道的教育改造。这让他们认识到了自己的罪行，唤起了他们重新做人的良心，使他们获得了重生。中归联会员金子安次（原伍长）曾亲口证实使用了毒气弹："1941 年 10 月，我们 44 大队侵入山东省新泰县（今新泰市）。因遭遇激烈抵抗，第二中队有森元次大尉命令使用迫击炮发射数枚催泪弹。催泪弹只是让人流泪，不会致死。可是，无法忍受的人跑出来，我们就用机关枪、手榴弹或手枪射杀。毒气稍稍散去后，我们部队开始扫荡村落。这是屠杀的开始，我们杀死了 130 人左右，其中八路军约 30 人。不管是女人还是小孩，全杀。女人，强奸；男人，斩首。用日本刀砍还算是好的，我们还用铡刀砍，铡刀是切马饲料稻草的，不锋利。我们做了很多残忍的事。催泪弹本身并不恐怖，但结局是恐怖的。还有一件可怕的事至今在我脑中挥之不去。我和一个老兵一起侵入一户人家，看到一个女人。他要强暴这个女人，女人抗拒，他无法得逞很生气，便将她扔到井里。女人有一个 4 岁左右的孩子。孩子喊着'妈妈！'跑了出来，看到母亲被投入井里，孩子拖着一把小椅子，踩上椅子对井里喊着'妈妈！'跟着跳了下去。关将手榴弹扔入井中。我们使用了毒气后，还做了更残忍的事。"

6. 吸入了自己人的毒气，风向会产生危险。

相马的妻子是1944年2月12日出生的。她父亲在她出生3个月后，第二次应征前往中国，于1945年2月18日在山西省神池县八角堡战死。他的队友星信之助描述当时的情景说："我在军队生活了3年半，最悲惨的记忆，是八角堡分遣队的覆灭。在位于山西省北端，靠近万里长城的神池县八角堡，分遣队队长荒井曹长带领17名士兵向主力中队进发途中，与数倍于己的对方遭遇交战，队长及12名士兵覆灭。困守城内的5名也用尽弹药，烧掉暗号，破坏无线电后，在墙上大书'天皇陛下万岁，永别'，于19日凌晨全员殉国。"妻与岳父仅一起生活过3个月。长大后，她想去父亲战死的地方看看。中日邦交正常化后，中国政府批准了妻与岳父队友的申请，去参拜了墓地。

当时同行的岳父的队友千枝实说："1944年在河南作战时，我们企图从山西省强渡黄河进攻西安，但战斗彻底失败了。来不及烧掉战死的战友尸体，就匆匆撤退了。"

我们跑到山上被包围。天暗下来后，我们使用赤筒释放毒气，从山上一下子冲了下去。我在部队待的时间挺长，受新兵教育时，学习了防毒面具的佩戴方法，也不小心吸入过毒气。我知道戴着防毒面具跑非常辛苦，就把它垫在屁股底下一下子滑了下去，可是，毒气重，毒气从山上下来的速度更快，我吸入了毒气，非常痛苦，张不开嘴，鼻涕哩哩啦啦往下流，我一下子倒下了，中队长过来一边揍我一边喊‘你在干什么!’风向发生改变，毒气就会伤害自己人，其无差别攻击的危险性是人类难以抵御的。”

7. 地道里充满毒气，爬出来就给推回去。

战后，中华人民共和国最高人民法院特别人民法院审判日本战犯使用毒气进行屠杀的罪行。我特地去了河北省定县（今定州市）北疃村拜访了李德祥，听取他的证词：“定县北疃村当时是抗日根据地。该村位于大平原中部，为抗击敌人挖了地道。当时我 20 岁，是抗日先锋队队长。日本人来了，我们游击队就用自己造的枪进行战斗。战斗以地道战和地雷战为主。日军自 1942 年 5 月 1 日起，开始对此进行大扫荡，我们抵抗到 5 月 27 日。从 27 日夜一直战斗到天明，后逃入地道。日本人发现了地道入口，便毫无人性地使用了毒气。在地道中，随着毒气越来越浓，我们也异常痛苦，难以忍受，想出去。日军将地道口堵住，将人们封在里面，我因痛苦失去了知觉。日本人在地道上挖洞，正好在我附近，我呼吸到新鲜空气，缓了过来，但口干舌燥。日本人当时就要杀我，我年轻时去过‘满洲国’，稍微懂些日语。我断断续续地说‘太君！水，水，肚子痛。水水……’。日本兵看我懂日语，给了我两片药，脱离了危险。

日本兵将其他人从地道里拖出来，绑到木桩上，用刺刀刺，用手枪打，放狗咬。无辜的受害者尸体排了足有一千米长。

吸入毒气会导致呼吸困难，流眼泪、鼻涕。若呼吸不顺导致流鼻血，那人就完了。

我的父母、弟弟、妹妹、叔父都死了。母亲的遗体找到了，其他人的没找到。因为地道塌了，都被埋在地道里了，至今遗体也没挖出来。”我当时被李德祥老人的证词震惊了，老人说话时的激动以及眼神中难掩的愤怒，让我至今难忘。

山西省定襄县隐藏在寺庙的地道入口（相马一成　摄）

8. 村民藏在洞窟里。

八路军总司令部所在地山西省战斗激烈，司令部附近的襄垣县西营村曾受到过毒气攻击。

受害人蕉华秀说：“1940 年，在一个叫北大沟的地方，毒气杀害了 16 人。

日本人得知村民藏在洞窟中，命令被逮捕的韩金成进洞窟将人们叫出来。韩称‘我空着手，没信心，借我把枪。’日本人借他一把手枪，韩拿着手枪没出来，日本人不愿进入，向洞窟使用了毒气。16 人全死了，只有韩憋不住跑了出来，又被日本人抓住了。他被带到一公里外的城郭，烧死了。8 年抗战，西营至少 150 人被杀，9 成房屋被烧毁。其状之惨，后来村子都听不见鸟叫了。是不是房屋被烧毁，鸟也烧死了，或逃走了呢……总之整个村子沉寂无声。

其后，日军又试图攻击武乡县另一个抗日根据地，但没成功。在败战回来途中，日军残杀百姓，烧毁房屋泄愤。”

受害人任国宝说：“日军扫荡时，年轻人都逃到远方了，走不动的老人、妇女、孩子藏在洞窟里。洞窟有两层，下方是女人和孩子。日军发现洞窟，将毒气灌入。洞窟下面的人都中毒了，上面的人用石臼堵住入口，毒气没有上窜。”

相马对我说他离开村子时，西营乡王书记的一句话刺入他心里。“20 年前，你这个日本人来的话，不用石头砸你才怪。”

9. 勉强活下来的“王家血脉”。

受挫于地道战的日军，发布“大陆指第 110 号”，批准战斗中使用毒气。“大陆指第 110 号”是基于“大陆命第 39 号”及“第 75 号”的指示。其中明确标注，了毒气使用方法：尽量和烟混用，隐匿使用毒气的事实，注意不要留下痕迹。（参谋总长载仁亲王）“大陆命”“大陆指”是天皇向陆军发布的最高统帅命令。“大陆命”是作战大纲，“大陆指”是参谋总长发布的具体命令。1943 年农历六月十五日，日本兵向山西省漆树坡村的洞窟使用毒气。下面是在此洞窟中战斗过的武来水夫妇的证词。

“洞窟位于山崖中部，日军企图进入洞窟。可是，刚一进入洞窟，就是一个转弯，我们民兵躲在转弯处伏击，将进来的日本兵一个一个杀掉，然后日本兵就使用了毒气。石油一样刺鼻的味道，令人窒息。特别难受，我小便失禁，失去了知觉。日军从上面挖开洞窟，将里面痛苦不堪的人拽出来。出来后很多人都死了，仅有少数几人活了下来。”

其夫人李晋先高声说：“死人的脸都是黑色的，被拽出来后都躺在了地下。日本兵为确认死活，在他们脸上滴蜡。”

武来水接着说：“活下来的 5 个人被俘虏，拷问了一周。拷问是残酷的，被灌一肚子辣椒水，用木棒戳肚子。辣椒水从鼻子、嘴返上来，非常难受。不吃不喝被拷问了七天，被拷问者快死了，口渴得要死。以为死定了，这时民兵攻了进来，日本兵都出战去了，我们乘机跑了。

武来水夫妇（相马一成　摄）

洞窟里的民兵、百姓，死了有 230 人。王磨锁一家 5 口被杀，只剩下一个刚出生 7 天的婴儿。王磨锁的妹妹王幼女收养了他，给他取名王留根，即‘王家仅存的血脉’。王留根现在住在长治市。”

听说王留根在长治市钢铁厂工作，我们随即前往长沼市。钢铁厂称他一周前不干了，工厂不景气让他提前退休走人了。

王留根租住在附近的农家，月租一个月 5 元钱（当时相当于 70 日元）。价格便宜得令人吃惊，但看了以后就明白了，当地特有的“窑洞”住所，简直太寒酸了，一家 4 口挤在一张床上。

王留根 55 岁，看着却更老，他盯着我这个日本人好久，心中的怒火或许正在燃烧。我告知说我们来进行毒气调查，请他相信我，不知过了多久，他缓缓地说：“我们一家 10 口人，5 口被日本人杀害了。叔母养育了我这个孤儿。叔母有 3 个女儿，加上我要养 4 个孩子。虽然家里很穷，叔母待我却如同生母一般温柔。叔母给我取名‘留根’，为何叫‘王留根’呢？双亲、叔父为日军所杀，王家只剩我一个男孩，取名‘留根’即‘留住王家的根’的意思。”

最后，王留根称，他并不恨今天的日本，而对过去的日本充满了“恨”。“恨”这个词，至今萦绕在我耳畔。

10. 煤矿中施放毒气。

人口 8 万人的山西省沁源县，每 8 人就有一人被杀。沁源县至今还残存着被日军烧毁的房屋遗迹。山西省一带以煤炭丰富而闻名，很久以前就遍地小煤矿。战时，日军来了，村民就躲入煤

王留根夫妇及两个女儿（相马一成　摄）

矿进行抵抗。1942 年 10 月 7 日，沁源县韩洪村，日军对逃入煤矿的村民使用了毒气。今天的韩洪村外还建有慰灵碑。

韩洪村的矿井（相马一成　摄）

我们找到了解当时情形的杨贵兰。但她听说我是日本人，无论如何不肯见我。只肯将事实讲给和我同行的中国人，后来我从同伴口中了解到了她的情况：“当时我 12 岁，母亲带着我和妹妹躲入煤矿。煤矿里人很多，后进来的人说‘没力气的女人到里面去’，我们就到里面去了。母亲带着我们两个孩子，其他什么都没带。旁边的人分给我们小孩子一些吃的，母亲却什么都没吃。坑道里面有通风孔，还能做饭。

惨剧发生在我们进去后的第三天。烟进来了，幸亏我们挨着通风孔，没感觉太难受，但是妹妹倒下去了。有人喊‘日军走了，出来吧’，母亲说’反正也是死，死在这儿好了。外面急了‘快出来，不然敌人又回来了。’这时妹妹缓过来点儿，我们就带着妹妹一起往外跑。脚底下全是死人，踩在死人身上，我吓得哭了出来，母亲说‘还哭，赶紧出去’。出去后，妹妹也活了下来。”杨贵兰的愤怒和恐怖，持续了半个世纪仍未平息。

11. 伪军也是受害者。

1941 年 2 月 8 日，40 人左右的日军与伪军一起侵入山西省上零村。日军将村子包围，架上机关枪，将没来得及逃跑的 80 名村民关在当地小学校的两间教室里。戴着防毒面具的日本兵带着毒气筒进入教室，点火后浓烟在教室中弥漫开来，眼前都看不见人，没多久便死了 47 人。一名叫张银根的村民趁乱跳窗跑了出去。日本兵发现了，开枪射击，他中了三枪。伪军看他没死，但报告日军说他“死了”。张银根因此活了下来。1999 年我访问了上零村，村民张胤昆在访问时回忆说，“我丈夫、两位叔母、哥哥、嫂子、丈夫的哥哥、嫂子 7 人被杀。被害人的脸色都很可怕，都是黑色的。嘴里淌出来的东西也是黑色的，估计内脏里面都黑了。有人后来吃草药获救了，三天三夜吐出来的都是黑色的。”

日军之所以袭击这个村子，是因为以前这里是抗日根据地，并有人看见游击队来到村里。乞丐出了村子，碰到伪军队长张剀永，并告知游击队的消息。张将之告知日军，与日军一起进攻了上零村。

上零村村民（相马一成　摄）

战后，上零村 6 名民兵找到前伪军队长张剀永，把他带到上零村。因深受村民的痛恨，被执行了死刑。如果日本没有侵略中国，他也不会成为伪军，作为日军爪牙，欺凌村民，是战争让他变成这副样子。如果没有战争，也许他只是一名普通的农民，他也是战争受害者。

12. 暴露在野外的炮弹。

黑龙江省北部有一个叫孙吴的地方，为小兴安岭所环绕，当年关东军夸口说“小小的哈尔滨，大大的孙吴”。此处距俄罗斯边境 50 公里，当时是日军对苏重要军事据点。战败后，日军将大量武器弹药遗弃在此后撤退。其中有很多毒气弹，致使当地居民受害。50 年代，中国政府对此高度重视，成立“日遗毒弹处理委员会”进行调查处理。当时负责处理工作的孙作敏称：“经调查，日军要塞及仓库中发现 513 发炮弹，4 罐毒液。其他地方应该还有，不过胜山要塞太大，没有地图，还有未爆弹，无法继续搜寻。因为当时对毒气弹没有科学的处理办法，只好在 20 公里外的北山挖了一个 4 米深的坑把毒气弹埋了起来”。

曾在黑河市武装部工作的曹国民称：“在瑷珲县上马村进行调查时，听说一个农民在日本要塞南山捡到两个 50 公斤的罐子，他以为是油罐，就带回家了。第二天，儿子因碰触罐子里的毒剂，皮肤糜烂而死。我用马车把罐子运到孙吴，孙作敏将其与毒气弹一起埋到了北山。

中国几乎没有人知道毒气弹的存在。恐怕即使因毒气弹受害也不知道其原因，受害者为此饱受痛苦，甚至死去。不尽快处理，受害者还会增加。”

我去考察了掩埋毒气弹的北山。此处立有一碑提示“日军遗弃毒气弹掩埋在此。政府为保障人民生命财产安全，禁止入内”。旁边就有数十发已生锈的炮弹，或许其中就有几枚是毒气弹，太危险了。若不尽快处理后果不堪设想，我们边想边慌忙下山。同行的人纷纷议论，“日本带来的毒气弹，日本应该赶紧带回去!”，“不要再污染中国的大好河山了”，“让人们能安心地生活”。

被遗弃了大量炮弹的黑龙江省孙吴北山（相马一成　摄）

13. “毒弹沟”夺走了丰厚的自然恩惠。

敦化市以东 50 公里的哈尔巴岭，有的地方被当地人称为“毒弹沟”或“废弹沟”。这里原本是放牧狩猎、摘药草采蘑菇的好地方。曾经物产丰富的山谷，缘何变为“死亡之谷”了呢?

这里湿地遍布，只有在大地冰冻后才能出行。1994 年冬季，气温零下 25 度，我们坐爬犁向哈尔巴岭进发，中途改为步行，走了三个小时山路。不知不觉浑身是汗，脸上冷飕飕的，内衣却湿透了。汗从毛帽子上淌下来，把头发冻住了。

我们到达目的地“毒弹沟”，随手铲了几下雪，各种各样的炮弹便露了出来。我们想用铲子敲落冻在炮弹上的雪，就听见有人大喊：“危险！炮弹里的火药或毒液没取出来，现在还会炸。”掩埋近 50 年，炮弹在腐蚀，毒液什么时候漏出来无法预测。我

中日研究者现场调查毒气弹（相马一成　摄）

们挖出各式各样的炮弹，有的炮弹有清晰的黄线，这是糜烂性毒气芥子气弹的标志。再仔细瞅，隐约可见很多炮弹都划有类似的线。毫无疑问，这些都是日军遗弃的毒气弹。《禁止化学武器公约》规定，日本有义务于 2007 年前全部销毁，可是据说处理方法尚不成熟，费用也相当高，所以一直延期。

14. 所有家当都充作了医疗费。

我们前去敦化市郊外的大甸子村拜访了 50 年前因毒气受害的老人黄春胜。黄春胜老人回忆了当时的情形："战争结束后第二年，8 月，我和村里人一起到附近的马鹿沟割草。当时马鹿沟堆有很多日军遗留炮弹。草丛中有锈坏的炮弹，有的还有液体流出来。我把割下来的草绑起来时，草上有点儿像油的水滴沾到了我裤子上，只沾上一点儿。我也没当回事，继续干活儿，而后发现腿上起了大水泡，特别疼。我心想一定是那个炮弹的原因，就急急忙忙回家。途中有条小溪，我就洗了洗水泡。可是一洗更严重了，水泡一直起到右脚。到了家，我把水泡弄破，像蛋清一样的液体流出来。我又去医院治病，医生将伤口切开，剔出糜烂部分，疼得要命。为了治病，我卖了三匹马、两头猪、两车大豆。我家原本就不富裕，这样一来就更苦了。那天，除我以外，还有 3 个村民受到同样伤害。刘均两脚脚踝受伤，姜有和李春生也同样受伤很重。3 个人都是像我一样的穷苦农民，为了治病，能卖的都卖了。战争过去了，为何现在我们这些无辜的人还要来承受日本人留下的毒弹之苦，他们应该反省、自责，向我们道歉。”

黄春胜老人还问我：“两年前，日本来人，让我和刘均给他们看伤口，并拍了照片。后来就没信儿了，怎么回事?”我无言以对，不敢看黄春胜老人的脸。这些受害者都已年近80岁了，至今还在忍受着毒气后遗症的折磨。“毒弹沟”里的炮弹被埋在地下多年了，腐蚀严重。日本政府调查团称有一部分毒液已泄漏。哈尔巴岭水坝位于距此20公里的下流，是灌溉及养殖的水源。毒液经过黑龙江还将流入日本海，制造并遗弃毒气弹的罪魁祸首难道不怕?

访吉林敦化毒气受害者黄春胜（高晓燕　提供）

15. 吸进炮弹的挖泥船。

1974年10月20日，黑龙江省航道局清淤船“红旗09号”在佳木斯市松花江进行挖泥作业。凌晨一点，发动机不知被什么卡住不转了。打开泵盖，一股刺鼻的大蒜味儿，水面浮着一层黑绿色的油状物。班长肖庆武开盖时，液体溅到脚上。在判断泵堵住后，李臣徒手伸进去掏出一颗 50 厘米长的炮弹。炮弹前端坏了，流出了液体，刘振起将炮弹放到船头。

凌晨三点，3 人相继感觉不舒服，都回自己房间休息了。可是在暖和的房间里，他们感觉身体更不适了。李臣、刘振起的手指起了红点，后又变成水泡。肖庆武的脚也同样起了水泡，水泡破后流出黄色的液体。

检查结果显示，炮弹液体是芥子气和路易氏剂的混合液。李、刘二人先后住院 6 次，至今尚未痊愈。肖庆武的病情更重，1991 年，他双脚溃疡，骨头都露了出来，毒液已经腐蚀到他的骨头。他的主治医生甚至都无法忍受他的恶臭。他整个身子都不能动了，只有妻子守护在他身旁。他下不了床，走不了路，不要说吃饭，厕所都去不了，只好在床上铺层纸，天天换。1991 年 6 月，他双目失明，最后连脚趾甲都脱落了，终年 61 岁。“红旗 09 号”后来也多次吸入炮弹，但未再出现如此严重的受害情况。船长王希

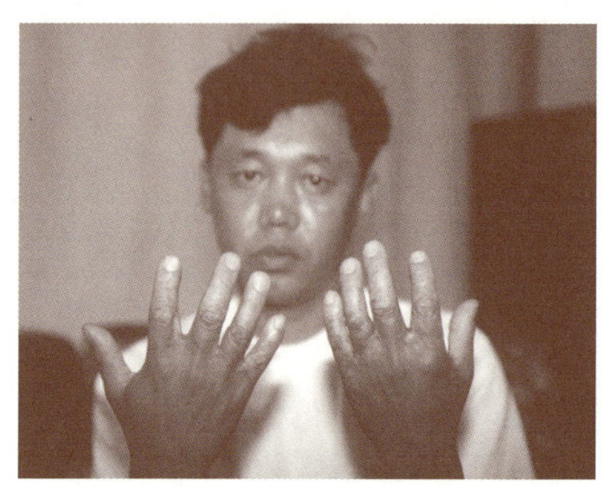

受害者刘振起（相马一成　摄）

善后来说：“当时船上有 35 人，多多少少都有症状，我不得已放弃了这份工作。”其后吸上来毒气弹的事情也时有发生，可见松花江的遗弃毒气弹有相当的数量。船长王希善给我们看了这些锈迹斑斑的炮弹。或许一碰，炮弹上的铁锈就会脱落下来。毒液就是从这儿流出来的，我没敢靠近。

16. 掩在门下的毒气弹。

哈尔滨附近的双城市周家镇，战时是日军军用仓库所在地。日军逃跑后，遗弃了很多炮弹，当地农民捡来当废铁卖了。但哪里知道这些炮弹不是废铁，而是恶魔。毒气弹等炮弹引起的受害事件多次发生。

“毒气弹比其他炮弹容易拆解，沿螺纹拧开就能把其中的液体倒出来。”村民谈起当时的情形说。可是，“倾倒液体的地方几年都不生草”。

1995 年 9 月，发生爆炸事故。先前为避免发生事故而埋在地下的炮弹因挖水管被误挖了出来。农民齐广越本想用炮弹里的火药炸鱼，不料拆炮弹时爆炸，当场死亡。一旁的刘远国被送到医院后也医治无效死亡。

我到现场访问是在事故发生两个月后。原本郁郁葱葱的农田已收割完毕。现场基本没有什么变化，炸出来的坑还在，周围散落着爆炸烧焦的玉米秆。听说雨后坑里的积水都是血红色的。现在已经干涸的坑里，还散落着齐广越的衣服、腰带碎片。

齐广越的墓距此仅 30 米，说是墓，其实只是一个寂寥的土堆。墓为何会距现场这么近无从得知。或许是死了以后就地埋了吧。太可悲了。我双手合十，真想躲起来。

“后来也发现不少炮弹，有的一晃有水流动的声音，都交给相关部门了”村民于海军说。

“他们没拿走的炮弹就放家里了。”我听于海军这么说，就跟着去了他家。亲眼见到一枚炮弹竟被掩在门下。他踩着炮弹漫不经心地说“15 年前，在日军仓库那儿捡的。一晃，有水声。3 年前新房盖好了，就掩在这儿了。”倘若这真是毒气弹的话，他们每天都在用门撞击毒气弹啊！尽管没有信管不会爆炸，但还是令人感到恐怖。若遗弃弹真能得到和平使用，我们当然很高兴，可在寻常百姓的家里却一天被门撞击多少次，让人不寒而栗。好在这枚“恶魔的遗物”已被相关部门收走了。

于海军及其脚下的毒气弹（相马一成　摄）

居民对毒气弹的危害毫无概念，这更让人害怕，必须采取对策防止事故发生。

战败时，日军难道一丝的人道考量都没有吗？没有宣战就擅自闯入中国，给人们带来多少伤害。战败后，将毒气弹遗弃逃跑，造成战后大量伤害事件发生。

被收集的毒气弹（相马一成　摄）

17. 因毒气受害而认识战争的少年。

“虽然我深受其害，我还是祈望不再有战争，祈望中日和平友好。”作为加害国一员的我们，读着年幼的孙永刚的信，不禁泪流满面。

1982 年，牡丹江市下水道施工时，发现埋在地下的日军遗弃毒液罐。正在施工的鲍培宗打开罐盖，里面的液体溅到 5 名作业人员身上。受伤的 5 个人接受了治疗，他们的身上都起了大水泡，水泡破了以后化脓糜烂。他们现在还有咽喉发炎、恶心、十二指肠溃疡、腹泻、耳鸣等症状。检查结果证实，液体是芥子气。

受害人之一孙文斗的儿子孙永刚给日本的孩子们写了这样一封信。“……正月，家家都是欢声笑语，只有我家阴暗压抑。母亲又在抱怨父亲了。抱怨他不能工作，不能挣钱。药钱只能靠母亲在外拼命干活……每听到这些，我的心就很疼。我家穷，每次开学，父亲都要到处借钱。父亲身体不好，每天都要吃药，我知道，父亲为了供我上学，把自己的药钱省下来。为什么这样的灾难会落到父亲身上。父亲舍不得打针吃药，偷偷在家里用醋洗中毒的脚。他忍着不吃胃药，发作了就喝苏打水，而我眼睁睁地看着却什么都不能做。

日本的朋友们，当时日军侵略中国时使用了毒气武器，你们不知道吧。我也不太清楚。但是，父亲的病让我认识到了战争的

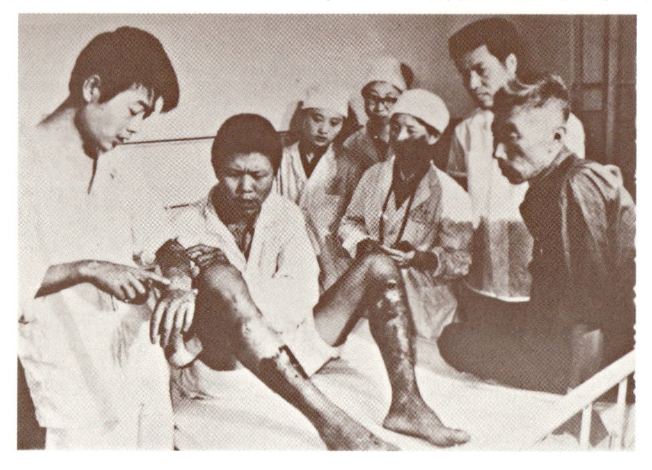

遭遇毒气事故的孙文斗（左二）（金成民　提供）

恐怖残酷。但愿不再有人像我们一样受苦，但愿再无战争，但愿中日和平友好长存。”

年轻的仲江、贫困孤独的邢世俊、受伤最重的鲍培宗、司明贵，对像他们这样的受害者来说，战争还未结束。

我怀着沉痛的心情走访各地，受到热情欢迎，而他们自己的亲兄弟、亲戚被日军害死了。我最初无法理解中国人的心情，那是我们日本人无法想象的广大胸怀。我们日本人，有很多遗留问题要对中国人负责，“毒气问题”是其中之一。

我要向原侵华日军士兵呼吁：为了不再出现更多的中国受害者，请鼓起勇气，说出“毒气弹”的遗弃地点。战后 70 年了，请不要再让人们为那场战争犯罪而哭泣了。违反人道，命令使用毒气弹的指挥官，违反国际法的罪犯必须受到谴责。

第十章 结 语

想到哪儿写到哪儿，陆陆续续写了这许多，但这只是几十年中我所经历的一小部分。我在解放军部队中时，前辈们给予了我很多教导，现在回想起来，仿佛是在梦中，无法清晰地把它们还原。但这些记忆的片段，却不时地向我展现当时的情景，这成为我宝贵的体验。它们扎根在我心里，不时地触碰着我。我在日本的活动遭遇困难时，前辈们的话就会浮现出来，激励我摸索前行。解放战争时期，我获得了在日本得不到的宝贵经历。其间我们将伤员送走，工作告一段落后，都会认真地开一个总结会，犯了错误会被毫不留情地指出来。最初我感到很痛苦，也许还有生活习惯不同的因素，我一受到批评就哭。倘若在日本，肯定有人安慰说“好了好了，别哭了”我自己内心也会有想用眼泪掩盖事实的想法。我是女孩子，哭就应该得到原谅，我这样想，就自己堆砌了男女不平等的墙，安慰、关怀不是平等。在严峻的工作面前，怎么能含糊其辞呢。经过内心的挣扎后，我感受到这才是平等，我渐渐明白，他们信任我才会批评我。一路走来，我得到的不是不痛不痒的“加油!”，身为撑起半边天的女性，我得到的是中肯的批评与鼓励。

按照日本人的习惯，不会直接批评人，嘴上虽然不说，各自心里还是有小疙瘩。特别是对女性，这是尊重女性吗？在日本，女性不是“半边天”，而是明显低于男性的弱势群体。

要促使日本政府反省战争，“我们自己必须先弄清侵略真相”，怀揣着这样的想法，我们开始了活动。1931 年 9 月 18 日，尽人皆知。可是，在日本，这不过是单纯的“词条”。日本教科书没有记录这段侵略历史的真相，所以我们要聆听先辈的教诲，并将之传达给日本民众。研讨会上，中日学者公布了珍贵的研究成果证明真相，受害者讲述了亲身经历。这是我们难得的在现场受教育的机会，拉近了我们民众与研究者的距离。

通过多次中国考察，到当地与农民交流，通过亲眼看、亲耳听进一步了解真相。这难得的机会，是负责企划的和田事务局长辛苦周到取得的成果，更少不了与我们并肩奋斗的黑龙江、吉林两省研究者的大力协助。在他们的帮助下，我们与受害者之间的微妙的隔阂、疑虑才得以消除。我们每个人都感受到了相互信任的真情实感，并接近了历史真相。

考察取得成果，还要感谢黑龙江省各相关部门同仁的辛苦工作与大力支持。没有他们的指导与帮助，我们的计划不可能实现。对我们日本ABC企画委员会来说，这是无比珍贵的财富。为什么黑龙江省的各位会给予我们如此大力的协助与指导呢？对于我们这个小团体，每次都是有求必应，让我们感到无比安心，而对于我们的不胜感激之情，他们总是谦逊地说，“一起到各地走走，了解历史真相，对我们的年轻人来说也是学习”。后来，我们更是经常讨扰了。为了不辜负大家的努力，我们参加考察的人更要努力了。

多方的认真态度，让我们不禁又联想到日本政府。期望我们的活动能促使日本政府真诚反省过去，促进中日关系发展。期待中国东北成为连接中日友好的坚实纽带，期待我们成为互相理解的“一家人”，并期待世世代代将友好传统发扬下去。为此，我将继续努力。

2015年5月12日，自民党教育再生实行本部向安倍提案，小初高教员资格的认定应属于国家权限。这是在强迫教师完全服从国家意志，只有与国家保持步调一致，才有资格成为教师。

两个月前，有报道称，教科书删除了南京大屠杀、慰安妇、侵略等相关内容的表述。若违抗政府意志书写历史，“即使问世了也卖不出去，这关系到出版社的命运”。我们步入了严冬，可是不论怎样掩盖，历史的真相只有一个。战争亲历者越来越少，受害者或年事已高，或已故去。战友们的遗愿，必须由健在的我们继承。

战争期间，包括我在内，很多日本人遵从国家指示，照着教科书高唱“前进！前进！部队前进”。今天，我们身为亲历者无法忘记那段痛苦回忆，历史不能再重演。不能将小孩子变成战争罪犯，变成破坏亚洲和平的一员。东京都教委宣称“身为国家公务员，服从政府命令是理所当然的”。我认为这不对。身为国家公务员是为国民服务的，不应屈从政府意志。

20 世纪 50 年代中国高举“人民是国家的主人”大旗。我们看到了希望，看到了没有战争的幸福，并看到了明天的繁荣。

今天的日本，不应该重复过去的教育，将孩子们送上战场，让他们成为杀人犯！那场战争的所有亲历者都在高喊“不同意!!”所有国民应该集合起来，抵抗安倍宣扬的“积极的和平主义（即可以战争的国家)”。

至今，很多战争受害者得不到赔偿。历史不容假设，我们只有吸取历史的教训。

我们日本 ABC 企画委员会在声援受害者的同时，也在赎罪、忏悔。

我们认为，受害者追究加害者责任，讨回公道是审判的基础。审判本应以原告为主体。在新中国，“人民当家做主”是理所应当的。对我来说，摆脱了旧社会的桎梏，欣欣向荣的新中国，才是理想的国家。回国几十年，我与日本社会格格不入，但也习惯了。我能够体会这个国家带给我一切，尚未实现“主权在民”。

日本司法仰政府鼻息，做出冷酷的判决。

反观细菌战180名原告的审判。原告的团结，中方研究者的热情，让我们收获了超越审判结果的硕果。虽然原告最终败诉，道歉赔偿的要求被驳回，可是这恰恰将日本审判的局限性昭示天下。

虽然这只是部分地区受害者的申诉，却是历史性的一步，追究侵略历史的人们的吼声，给日本社会以强烈的冲击。

2015年4月8日人民网报道，日本战时强征的40名中国劳工在北京市第一中级人民法院提起诉讼。被告是以残酷劳动虐待劳工的三菱材料公司。三菱对此案提出管辖异议。法院于2015年4月7日下午，召集原告和被告两方面的代理律师到场，并听取了双方的辩论。之后，诉讼案原告代表及中国劳工索赔案律师团召开记者会，就相关情况进行了说明。三菱公司方面称，“此案的发生地在日本，对中国劳工造成的损害也发生在日本；当年中国劳工被抓走的地点不在北京，而在河北、山西等地，因此北京对此案没有管辖权，要求驳回原告的起诉。”

目前，在这40名原告中，只有两名原二战中国劳工健在，分别是现年94岁的牟汉章和90岁的张世杰，其他人均为遗属，也大都年过花甲。劳工遗属代表崔书平说，讨还公道的路即使再曲折，也不会放弃，一定要把这场官司打到底。

中国劳工索赔案律师团律师康健认为，本案不是一个简单的民事侵权案件，而是重大人权侵害案件。日本企业刻意强调强掳中国劳工的实施地，回避强掳中国人作苦役的历史背景，试图以简单的在哪儿被抓，哪儿就是侵权行为实施地的狭隘解释，来否认北京法院的合法管辖。康健等对三菱公司的托词进行了严厉批驳，称原中国劳工张世杰等人居住在北京且作为行动不便的高龄老人，主张在北京审理此案合情合理，日企的主张毫无道理。

考虑到原告年事已高，每拖延一天，原告的希望也将消失一分，我们应尽早还他们以公道。

现在，日本的审判、司法仰政府鼻息，做出有利于企业的判决。北京绝不会再姑息三菱。我们期待着北京法庭的审判为原告伸张正义。

日本ABC企画委员会将与中国一道，揭发了七三一部队的人体实验罪行。我在东北民主联军时，就经常听说七三一部队的恶魔罪行。但那时我只是将信将疑，在我记忆中，也只留下碎片。

与其去日本学校学习这段历史，不如选择借助在东北残存的记忆，亲自去证实。我在中国有很多老师，如前面所说，我先是访问了哈尔滨平房的七三一部队遗址，后又探访了毒气弹受害者。社会科学院研究人员的潜心研究热情解答，为我解开了很多疑惑。研究者们不懈努力的结晶、相继出版的书籍让我模糊的记忆渐渐清晰。

日本“七三一部队展”开始后，国内孕育出一股重新认识侵略的潮流。我为时时掌握中国各地的动态，每次展出后，我都飞到中国。一年中有半年倒是在中国度过的，每天都能感受到中国的变化，非常充实。后来我先生病重，我只好回国，一边照看他一边忙七三一部队展。

今天，在日本首都东京，CV－22 鱼鹰垂直起降运输机在上空中轰鸣，抬头望却又完全看不见飞机的影子。报道称这是日本本土首次配备，防卫相中谷元在记者会上强调，“这是充分地考虑了安全性后做出的判断”。并满怀信心地说，“首都配备鱼鹰，有利于我国整体的安全保障，同时还能应对首都圈地下地震及南海海底地震等大型地震灾害”。外相岸田称，“有利于提高日美同盟的威慑力量，有利于亚太地区和平”。可是，武器曾带来过和平吗？特别是日本国土狭小，人口密集，飞机着陆地的选择都很困难。

战争亲历者没有人相信上述言论。而对于所宣称的高安全性，有报道称，其事故率是海军装备的 MV－22 的七倍以上。为何现在一定要花高价购买美机呢？将军备集中于一处，他国攻击当然也将集中于此处。所谓“有利于亚洲安全”，到底谁会来攻击日本呢？隐约可见其中的军工企业利益。20 年前，有中国学生问我，“中国虽然还很穷，却不再有外国军队了，日本那么有钱，为何还有美军驻扎呢？”

今天，首都东京为美军基地所环视，横田、座间、厚木、横须贺将东京完全置于美军支配之下。制空权完全被美军所掌控，首都成田机场也以美军为优先，全无飞行自由。即便说鱼鹰是安全的，任其盘踞领空的日本，能称之为独立国家吗？以安倍为首的政府高官频频造访美国，首相因被恭维为林肯而洋洋自得。

国民称只要“日本国宪法九条”在，日本就是和平的。真的如此吗？朝鲜战争（1950 年 6 月），日本追随美军，提供特需，实现了战后经济复兴；越南战争（1964 年 8 月 2 日，美军军舰遭北越炮击，日本政府支持美军介入，决定紧急援助西贡政权），与美军共同支援南越。海湾战争（1991 年 1 月），日本为美军提供巨额资金。牺牲冲绳居民，开始建设美军基地（1972 年 5 月）。军工企业赚得钵满盆满。日本真的遵守宪法九条了吗？对历史，现在不应重新检讨吗？

“一家人”这个词，我享受了多少恩泽？乡亲们说“一家人”时，意味着“咱们不是外人！”你的喜悦是我的幸福，你的眼泪是我的悲伤，你和我，是同甘共苦的兄弟、姐妹、朋友。

我的中国之旅，循着解放军的足迹。当时农民们的倾诉，我因为语言上的障碍，并未完全理解。我想沿着记忆再走一遍，当时乡亲们对我说了什么来着？我现在已记不起，但那些话让我开启了我的中国之旅。我记得当初得知我是日本人时，乡亲们当即不作声了。可是，同行的友人介绍说“她是一家人（解放军战士）”，他们又伸出因长年劳动而变得粗糙的大手接受了我。我的中国之旅，仅凭我自己是无法实现的，是无数抗日先辈用血与汗，种下了乡亲们对战士的深情厚谊，他们称呼彼此为“战友”“爹”“娘”“儿”。

我曾自东北白山市江源区林子头出发，沿着我曾经的医疗工作足迹，重访了西北的解放区。当时，总想找机会听听乡亲们讲些关于日本统治时期的情形，可是解放战争工作繁重，没有机会。现在，我总是骄傲地说，自己曾是一名解放军战士。但在当时，我是并不太理解其意义的。

记得在解放区，部队跟农民借粮食，递过一张条儿。我疑惑地问：“钱呢?”战友回答：“过后部队一定付钱。”我还是不明白，农民的收成一年只有一回，什么时候付呢？得到的答案是：“战争结束的时候。”在那个混乱的年代，战士和乡亲们都确信明天会胜利。他们谈妥了，马车满载着粮食，嗒嗒地去了。这轻快的画面，至今存在我的记忆中。

在日本举办讲演会的时候，曾在华北被日军俘虏的陈平（已故）应邀前往。他在一次作战中与同伴一起被俘。日本人本打算将他们掳到日本当劳工，可是到达港口后发现没有日本船，后来日本战败，他们幸免于难。

陈平严肃地回忆：在等船的时候，他们被投入冰冷的牢房，风卷着雪，从窗户缝吹到他们身上。3 天 3 夜，没给一滴水、一口饭，受伤的战士们都缩成一团。从窗户缝监视的日本兵看了，狞笑着骂道，“你们怎么不死呢，不知羞耻！”而中国八路军不论在什么环境下，“都不会放弃希望，会努力活下去。打入敌人内部，了解敌人！”。日本人听了，叹息道，“胜败已分”。但这只是胜败的问题吗？

现在日本政府干涉教育，强迫教师在升国旗（日之丸）奏国歌（君之代）时起立合唱，若不遵守国家方针，就会受到降薪、辞退等处分。教师越来越像宣传国家政策的机器人了。教师成为愚昧的国民养成机的操作工，他们还能托付日本的明天吗？

现在借天皇之名，将 1937 年的“军机保护法”、1941 年的“国防保安法”粉饰了一下，又拿到国民眼前。即使本国未遭受武力攻击，若关系密切的同盟国遭受攻击，也视为本国遭受攻击，可以行使“集体自卫权”。更是加入了拯救国民一条。而过去发动战争，常以“国民救出”为口实。

亲历过去的我们，不能沉默。70 年前，军队保护国民了吗？军队是为了侵略目的而利用了国民。战败后，关东军主力消失得无影无踪。

上面提到的本溪市特殊工人说，与其憎恨日本人，不如着眼于“国家和资源回到了我们自己手里。我们要坚决守卫国土和资源!”

我保存着日本遗孤怀念当时的手记。土地被夺走，房屋被占领，“现在终于回到我们自己手中了。比起复仇，我们更应为了明天的战斗而做好准备”。中国人民将日本遗孤视同己出。不念旧恶、充满人间大爱的农民们、解放军前辈，我至今不胜感激……这才是实至名归的“一家人”。

日本野心勃勃发动第二次世界大战，拉开侵略帷幕，犯下天人共愤的累累罪行。不论用什么辞藻粉饰，日军的残忍暴虐都超出了人类的想象。日本战败70年，并不短的岁月，却一直隐瞒真相。这是对“一家人”的背叛。

民众“保卫宪法九条!”的呼声响彻首相官邸，这是期望避免重蹈战争覆辙、期望和平的人们痛彻心扉的呼声。而首相官邸却关紧了门，将其视为“噪音”。

“为了不辜负一家人”，这是我们日本ABC企画委员会同道的心声。我要继承先辈们的遗志，大声疾呼。感谢守护养育我们的中国，我愿为中日两国成为和睦的“一家人”而继续奋斗。

参考文献

[1] 高恩显. 中国人民解放军第四野战军卫生工作史（1945 年 8 月—1950 年 5 月）[M]. 北京：人民军医出版社，2000.

[2] 日本防卫厅战史室. 日本军国主义侵华资料长编——《大本营陆军部》摘译 [M]. 成都：四川人民出版社，1987.

[3] 青木茂. 寻访万人坑——满洲国万人坑与强行掳掠华工（日文）[M]. 东京：绿风出版，2013.

[4] 政协辽源市委员会文史资料委员会，政协辽源市西安区委员会文史资料委员会. 辽源文史资料（第二辑）[M]. 辽源：中国人民政治协商会议辽源市委员会文史资料委员会，1989.

[5] 高嵩峰，李秉刚. 走过地狱——日本侵华期间幸存劳工的回忆 [M]. 沈阳：东北大学出版社，2013.

[6] 日本国东京都本溪湖会. 太子河——本溪湖百年史（日文）[M]. 东京：西田书店，1992.

[7] 笠原十九司. 南京事件与三光作战（日文）[M]. 东京：大月书店，1999.

[8] 王希亮，周丽艳. 侵华日军 731 部队细菌战资料选编 [M]. 北京：社会科学文献出版社，2015.

[9] 邱明轩. 菌战与隐患 [M]. 香港：天马出版有限公司，2004.

[10] 旻子. 尊严——走过半个世纪的花冈事件（日文）[M]. 山边悠喜子，译. 东京：日本侨报社，2005.

[11] 杨玉林，辛培林，刁乃丽. 日本关东宪兵队“特别输送”

追踪——日军细菌战人体实验罪证调查［M］. 北京：社会科学文献出版社，2004.

［12］宫武刚. 将军的遗言——远藤三郎日记（日文）［M］. 东京：每日新闻社，1986.

［13］吉见义明. 毒气战与日军（日文）［M］. 东京：岩波书店，2004.

［14］松野诚也. 日军的化学武器（日文）［M］. 东京：凯丰社，1986.

［15］石切山英彰. 日军“毒气作战”村——中国河北省北疃村发生的事件（日文）［M］. 东京：高文研，1986.

［16］王希亮. 大地怒火——中国东北特殊工人抗暴记［M］. 哈尔滨：黑龙江人民出版社，2003.

［17］李世光. 琅琊之炎（日文）［M］. 山边悠喜子，译. 东京：日本侨报社，2006.

［18］沈玉成. 本溪城市史［M］. 北京：社会科学文献出版社，1995.

［19］本溪市党史地方志办公室. 中国共产党本溪史（第一卷）［M］. 沈阳：辽宁人民出版社，2004.

［20］中国黑龙江省档案馆，中国黑龙江省人民对外友好协会，日本 ABC 企画委员会. “七三一”部队罪行铁证——关东军宪兵队“特殊输送”档案（日文）［M］. 哈尔滨：黑龙江人民出版社，2001.

［21］中国吉林省档案馆，日本日中近现代史研究会，日本 ABC 企画委员会. “七三一部队”罪行铁证——特别移送·防疫档案选编［M］. 长春：吉林人民出版社，2003.

［22］中国归还者联络会. 侵略——在中国日本战犯的告白（日文）［M］. 东京：新读书社，1958.

［23］王战平. 正义的审判——最高人民法院特别军事法庭审判日本战犯纪实［M］. 北京：人民法院出版社，1991.

编译后记

经过半年多的努力，山边先生的《难忘一家人——一个日本籍中国人民解放军战士的真实记录》终于翻译、编辑完成，即将付梓，看着沉甸甸的书稿心里很是欣慰。

这本书反映了山边先生对中国的赤诚之心，也表达出她对日本侵略战争的深刻反思。日本ABC企画委员会各位同仁亦对本书有贡献，事务局长和田千代子参与了本书第六章、第七章的写作，共同代表宫崎教四郎和摄影家相马一成参与了本书第九章的写作。他们和山边先生一道，用行动践行着反对战争、维护和平的坚定信念。

在这里要感谢黑龙江省人民对外友好协会的大力支持，感谢黑龙江教育出版社的鼎力帮助。

编译者

2015年12月